La niña y el rey dragón

Prieto Jiménez, Iliana, 1954-
    La niña y el rey dragón / Iliana Prieto Jiménez ; ilustraciones
Sara Sánchez. -- Editora Raquel Mireya Fonseca Leal. -- Bogotá :
Panamericana Editorial, 2017.
    172 páginas : ilustraciones ; 20 cm.
    ISBN 978-958-30-5568-3
    1. Cuentos infantiles 2. Familia - Cuentos infantiles 3. Amistad
- Cuentos infantiles 4. Fantasía - Cuentos infantiles I. Sánchez, Sara,
ilustradora II. Fonseca Leal, Raquel Mireya, editora III. Tít.
Co863.6 cd 21 ed.
A1571350

        CEP-Banco de la República-Biblioteca Luis Ángel Arango

Iliana Prieto

La niña y el rey dragón

Ilustraciones de Sara Sánchez

PANAMERICANA
EDITORIAL
Colombia • México • Perú

Primera reimpresión, octubre de 2018
Primera edición, septiembre de 2017
© 2017 Iliana Prieto
© 2017 Panamericana Editorial Ltda.
Calle 12 No. 34-30. Tel.: (57 1) 3649000
www.panamericanaeditorial.com
Tienda virtual: www.panamericana.com.co
Bogotá D. C., Colombia

Editor
Panamericana Editorial Ltda.
Ilustraciones
Sara Sánchez
Diagramación
Jonathan Duque, Martha Cadena

ISBN 978-958-30-5568-3

Impreso por Panamericana Formas e Impresos S. A.
Calle 65 No. 95-28. Tels.: (57 1) 4302110 - 4300355. Fax: (57 1) 2763008
Bogotá D. C., Colombia
Quien solo actúa como impresor.

Impreso en Colombia - *Printed in Colombia*

Para mis padres, siempre.

Visita al bosque de las Sombras

Primera parte

Es oscuro tu bosque, tapa el cielo…
Cristina Baeza

Jenny

Aquella tarde Jenny esperó a mamá mucho tiempo.

El enorme salón de juegos estaba vacío y silencioso, porque los niños que todavía esperaban ya no tenían deseos de jugar a esas horas. Como Jenny, miraban por las ventanas y aguardaban la llegada de alguien (mamá, papá, abuelo o abuela, un tío dedicado o un hermanito mayor) que los llevara de regreso a su hogar.

A pesar de que Jenny está en primer grado, y hasta sabe leer y escribir, no soporta estar tanto tiempo lejos de su casa. Si la profesora fuera más cariñosa y no le cambiara el nombre, todo sería mejor. Pero nunca ha logrado pronunciar "Yeni", así, simplemente, y no "Genny" poniendo todo el énfasis en las dos enes. Como resultado, en el colegio dicen mal su nombre, lo que provoca la ira de mamá que, si fuera justa e imparcial, en lugar de ponerse tan brava se daría cuenta de que la única culpable es ella misma, porque se empeñó en escoger para su hija aquel nombre tan suave, corto y hasta lindo, pero que la "seño" nunca lograría pronunciar y escribir sin dificultad.

La verdad es que Jenny es una niña razonable y acepta ir al colegio como los demás niños del mundo. Sabe que mamá trabaja muchísimo, sobre todo desde que papá no está. Antes, los fines de semana eran más divertidos porque estaba papá, mamá tenía más tiempo y podían pasear con frecuencia.

Pero papá se fue.

Un día se despidió porque se iba a trabajar a otro país. A construir ciudades y puentes, dijo con tristeza antes de partir. Han pasado muchos meses, y cada cierto tiempo llegan cartas y algún regalo, pero todo es diferente.

Jenny siente que algo se ha perdido para siempre.

Mamá ya no se alegra con las cartas, ni siquiera con el dinero que papá envía con cierta regularidad y que tanta falta hace. Mamá está como apagada y solo se alegra cuando ve llegar a la abuela Alhelí. También para Jenny, la abuela es la persona que más alegría traslada a dondequiera que va.

Por desgracia, no viven juntas. Si Jenny viviera cerca de Alhelí no se sentiría tan sola como suele sentirse a veces. Pero eso es inevitable: la abuela no quiere abandonar su casita junto al mar y mamá no puede alejarse demasiado del lugar donde trabaja.

Casi siempre, cuando pasa tanto tiempo sola, Jenny piensa en papá. En cómo será ese país donde vive ahora, rodeado de otras personas que lo ven a diario y que respiran su mismo aire. La abuela dice que cada país tiene sus propios olores y hasta el color de la luz es diferente, y que las personas se acostumbran… Papá seguramente no se ha dado cuenta de eso porque no ha dicho nada o quizá sí, y él está extrañando los olores y el color que Jenny huele y ve todos los días. La verdad es que Jenny no sabe qué está pasando por la cabeza de papá.

Sin embargo, esa tarde de larga espera, Jenny no pensó en lo que tanto la entristecía. Todo el tiempo lo dedicó a reconstruir el sueño de la noche anterior. Fue tan brillante que parecía de verdad: ella caminaba bajo el sol por una calle ancha y solitaria que, de repente, se convertía en un jardín lleno de flores grandísimas, semejantes a sombrillas, que la protegían del sol. Tenía sed y comenzó a llover. Con las manos unidas recogió agua de lluvia y bebió, pero la lluvia se convirtió en aguacero. Luego, apareció, no se sabe cómo, un gato gordo con bombín y paraguas. Si el gato no hubiera sido tan grande, ella juraría que era Wenceslao, la mascota de su abuela. Pero Wenceslao, el de verdad, siempre está tranquilo y el del sueño era inalcanzable. Por más que Jenny se apuraba no podía llegar a él. De repente, dejó de llover y ella ya no estaba en el jardín sino en un bosque y no había gato por ninguna parte. Todo estaba muy oscuro y tuvo miedo. En ese momento, escuchó una voz que parecían tres.

—El dragón de tres cabezas, señor de este bosque, te da la bienvenida. Mi nombre es…

En ese preciso instante, mamá la despertó.

Jenny quiso dormir un poco más para seguir soñando, pero no pudo. Por eso todo el día había estado imaginando cómo sería el aspecto del rey dragón. Al final de la tarde sabía que era enorme, verde y de alas doradas.

Por fin llegó mamá. Jenny la vio cruzar el gran portón de aluminio y corrió hacia ella. Mamá se deshizo en disculpas por la tardanza, pero Jenny estaba feliz, agarrada a su mano, lista para emprender el regreso.

El camino a la casa es un poco largo, aunque a Jenny le gusta. Mientras más largo el trayecto, más tiempo el que mamá le dedica solo a ella, sin compartirla con el millón de tareas que la esperan en cuanto cruzan el umbral: cocina, limpieza, compras y, después, el microscopio. Porque mamá no solo trabaja en un gran edificio lleno de laboratorios, sino que, en la casa, tiene que emplear gran parte del tiempo estudiando frente a ese cilindro con cristales de aumento que, según ella, descubre el misterio de lo invisible.

A veces Jenny quisiera ser como mamá, pero cuando la ve así, sin tiempo para tantas cosas, con sueño y sin poder ir a dormir, y sin una sonrisa en los labios durante horas y horas, piensa que mamá no es feliz. Entonces se preocupa y sueña con escapar juntas al mar, con la abuela Alhelí, a contemplar la espuma blanca de las olas rompiendo en sus pies.

El caso es que, gracias a ese largo camino que la lleva del colegio a la casa, Jenny puede jugar todas las tardes a las exploradoras: un juego que mamá inventó una tarde de mucho cansancio, en la que parecía que el tiempo corría al revés y que jamás llegarían a su hogar.

Vílvor

El bosque de las Sombras es frondoso como el más antiguo de los bosques. Sus árboles son tan anchos como casas y tan tupidos que no dejan pasar la luz. En algunas zonas donde llega el sol, la hierba crece hasta llegar a la altura de un hombre. Pero lo más curioso de ese bosque es que lo atraviesan caminos que se abren y se cierran en segundos, como si los árboles cambiaran de lugar. ¡Y son tantos los caminos!

El bosque esconde abismos insondables, ríos caudalosos, algunos de los cuales son muy profundos, pero también senderos de flores de todos los colores y arroyos de agua cristalina. Vílvor vive hace muchísimo tiempo en un pequeño claro, ubicado en el centro del bosque. El claro está rodeado de árboles frutales de todo tipo: mangos, mameyes, naranjos y hasta nogales.

Vílvor es el más grande de todos los habitantes del bosque. A pesar de que ha visto pasar cinco veces más primaveras y veranos que diez niños de ocho años juntos, nunca se ha preocupado por su edad. Cuando se mira en el arroyuelo cercano se ve muy joven y hermoso. Por eso dedica unos minutos todos los días a contemplar su imagen antes del baño.

A Vílvor le gusta el bosque. Su vida transcurre de manera apacible: por la mañana se dora al sol mientras observa la gran cantidad de seres pequeñísimos que habitan entre los árboles y bajo la tierra. Por la tarde se va al arroyo, a disfrutar del agua fresca y del canto de los pájaros. De noche, él mismo se prepara una sopa de vegetales —su plato predilecto— y le envía una ración a Gregorio, el duende cascarrabias y cuentero, único habitante del bosque que ha traspasado su frontera.

Pero Vílvor no es del todo feliz.

A veces se siente solo, a pesar de tener vecinos que lo adoran y obedecen como a su rey. El problema es que todos están muy ocupados: los topos apenas salen de sus cuevas; las ardillas, aunque se deslizan por su espalda durante la siesta, siempre andan deprisa y no se detienen a conversar; el lémur viaja de árbol en árbol, cumpliendo con su función de vigía; los coatíes solo piensan en comer y Gregorio casi nunca está porque anda visitando el mundo de los hombres. Según le dice a Vílvor, va a saludar a unos parientes que tiene por allá. Vílvor sospecha que Gregorio no dice la verdad, pues, cuando el duende regresa, suele traer en los bolsillos o en un furgón viejo, según el tamaño de lo que carga, algo de allá —recuerdos, dice Gregorio—, pero los esconde bien, como si temiera ser descubierto. Vílvor es el único que tiene acceso a su colección: dedales, tazas de porcelana, juegos de naipes, copas de cristal labrado, anillos de oro y plata, muñequitas de goma y también de trapo... En fin, una tremenda variedad de "recuerdos".

Pero de todos los tesoros que guarda el duende, Vílvor prefiere uno que al fin, después de mucho rogar, Gregorio le regaló: la fotografía de una preciosa princesita.

Vílvor no puede explicar qué le atrae tanto, si son sus ojos, la expresión de asombro que muestra la pequeña princesa en el retrato o, quizá, su sonrisa que parece venir de muy lejos. Lo cierto es que, desde el día anterior, la ha estado contemplando extasiado durante horas.

Para Vílvor, el mundo de los hombres tiene el atractivo de lo desconocido. Cuando era más joven intentó traspasar sus límites con el propósito de encontrar una amiga perdida, pero le faltó decisión y confianza en sí mismo. Eso ocurrió por la época en que Gregorio llegó al bosque, justo dos días después de que desapareciera de repente, como por arte de magia, el único gato que había vivido bajo aquellos árboles.

Por suerte, el duende ayudó a disipar la pena de Vílvor que, desde entonces, le pide cuentos de ese lugar en el que perdió su primera y única amistad con un ser humano. Si Gregorio está de buen humor habla sin parar y cuenta anécdotas muy simpáticas, en las que aparecen niños y niñas amigos de los duendes. Pero si tiene un mal día, se encierra en su casa o, lo que es peor, escoge terribles historias de dragones asesinos para que Vílvor tenga pesadillas por las noches.

Un sueño encontrado

Apenas Jenny y mamá caminaron una cuadra, comenzó el juego de las exploradoras. Mientras avanzaban, sus pasos se desviaban por el sendero de un bosque tenebroso y espeso; al parecer, inexplorado.

Es preciso decir que tanto mamá como Jenny sintieron miedo frente al misterio imponente de aquel bosque que, no se sabe cómo, abría sus fauces negras en medio de la ciudad. Pero la principal virtud de un explorador es enfrentar el miedo y vencerlo, por lo que, tomadas de la mano, se adentraron en lo desconocido.

Cautelosas, caminaron por el estrecho sendero que los árboles abrían a su paso. Vocecitas agudas y asustadas, que parecían salir del fondo de la tierra, las acompañaron durante un largo trecho.

Después, el silencio de la noche las envolvió.

Tras su paso, el bosque obstruía los caminos para impedir el regreso.

Vílvor despertó sobresaltado.

Había estado durmiendo toda la tarde, y ya la luna se asomaba por entre las ramas. Sin embargo, en lugar del silencio y la paz de un bosque entregado a la quietud y al descanso, un murmullo creciente iba de árbol en árbol como un mensaje secreto.

¿Qué ocurría en el bosque que el gran Vílvor desconocía?

Un poco molesto, porque nadie había ido a informarle de los últimos sucesos, se irguió cuan alto era y exigió su derecho con potente voz.

Una llamarada enorme iluminó el claro del bosque.

—¿Quién perturba la paz de mi hogar? —se escuchó su voz multiplicada en todos los rincones.

Al final del sendero, las dos exploradoras vieron el destello y a sus oídos llegó aquella voz con tres ecos. A Jenny le parecieron conocidas las tres voces, pero en aquel instante no pudo recordar dónde y cuándo las había escuchado.

Vílvor observó cuidadosamente a su alrededor y descubrió a todos los habitantes del claro empujándose unos a otros, tratando de cobijarse muy cerca de él. Tenían miedo de aquella cosa desconocida que se acercaba. Los topos soñolientos asomaban las cabezas por los agujeros de sus casas, las ardillas cuchicheaban nerviosas y hasta escondían nueces bajo sus colas, por si acaso. Tres venaditos corrieron a protegerse tras su cornudo padre. Hasta los coatíes habían dejado de comer y se apretujaban en los matorrales. Por fin, un lémur, ojiabierto y trasnochador, se deslizó por la rama de un mango hasta llegar a una de las tantas orejas del gran Vílvor.

—Dos intrusos han osado entrar a nuestro bosque —dijo, con una mezcla de intriga y miedo—. Tú dirás qué debemos hacer.

—¿Intrusos? —bramó tres veces Vílvor y, en ese mismo instante, frente a él, descubrió a las dos exploradoras que se habían quedado paralizadas y mudas de sorpresa.

Vílvor las observó con curiosidad. Hacía muchísimo tiempo que un ser humano no traspasaba las fronteras del bosque. Su mirada saltó de la una a la otra varias veces, hasta quedar fija, como hechizada, en la niña… aquella niña… Vílvor intentaba recordar: aquella niña era…

Y sus tres bocas se abrieron con asombro. Otra llamarada alumbró el bosque.

Instintivamente, mamá caminó hacia atrás, protegiendo a su hija de aquel ser de tres cabezas. Pero, para sorpresa de ella y de todos los que allí estaban, la niña exclamó:

—No temas, mamá. ¡Es el dragón de mi sueño! —Con una graciosa reverencia, se adelantó hacia

Vílvor—. Me llamo Jenny, con jota y dos enes. Ella es mi mamá, la exploradora principal.

Vílvor sonrió feliz.

Sin saber cómo, delante de él estaba la princesa del retrato. Era ella: pequeña, frágil, preciosa.

Emocionado, dijo con sus tres voces:

—El dragón de tres cabezas, señor de este bosque, les da la bienvenida. Mi nombre es... —Jenny temió despertar otra vez sin escuchar cómo se llamaba el dragón pero, por suerte, no era un sueño y pudo oír el final de la frase—: Vílvor.

Los animales se apiñaron para conocer a las exploradoras. Las miraban con gran curiosidad, como la gente cuando va al zoológico pero, aunque parezca raro, con mucho más respeto y gentileza. Como buenos anfitriones les ofrecían raíces, semillas, frutas, flores, y Vílvor, les brindó su deliciosa sopa de vegetales.

Todo parecía un cuento feliz hasta que llegó Gregorio.

Un duende en apuros

Gregorio había entrado al bosque en medio de la algarabía. Por supuesto que no le gustó nada el alboroto y mucho menos descubrir a las dos visitantes. Venía cansado de sus correrías y decidió llegar a su casa sin ser visto. Comenzó a escabullirse entre el follaje con su saco repleto de recuerdos del mundo de los hombres. Ya casi había alcanzado la puerta cuando quedó paralizado al escuchar la voz de Vílvor.

—Gregorio, qué bueno verte. Tengo una sorpresa para ti.

El duende no tuvo otro remedio que asomar la cabeza entre las ramas del arbusto que lo ocultaba.

—Buenas noches a todos —dijo con falsa cortesía—. Siento decirte, señor, que no puedo detenerme. Tengo un poco de prisa.

Vílvor comprendió que Gregorio estaba en sus días de malhumor, pero no pensaba dejarlo ir.

—Acércate, Gregorio. Quiero disfrutar de este encuentro.

El duende pudo percibir en las palabras del rey del bosque un dejo de autoridad que pocas veces empleaba. Porque Vílvor, a pesar de ser el supremo señor del bosque de las Sombras, era extremadamente amable y delicado, y muy pocas veces hacía valer su posición de poder. Opinaba, al contrario de muchos monarcas y gobernantes humanos, que cada uno debía actuar según su propia conciencia y forma de pensar, siempre y cuando no violaran las normas de convivencia ni le hicieran daño al vecino. Gregorio supo que Vílvor no admitiría una falta de educación como la que él pretendía cometer. Resignado, se acercó al dragón; Vílvor no pudo sentirse más decepcionado.

Gregorio había pasado por delante de Jenny como si nada extraordinario ocurriera y sin dar la menor muestra de haberla visto antes.

—Pero ¿cómo es posible, Gregorio? ¿No te das cuenta de que es Jenny, la princesa del retrato, tu amiga?

El rostro del duende, cascarrabias y cuentero, se tornó rojo púrpura.

La verdad más verdadera se resumía en algo muy simple: Gregorio no conocía a Jenny. ¡Nunca en su vida de duende la había visto!

El día en que se apropió del retrato estuvo, efectivamente, en casa de Jenny, pero la encontró vacía.

Al principio eso le molestó un poco. Para Gregorio, como para casi todos los duendes, la mejor diversión del mundo consiste en fastidiar a las personas con abominables bromas. Pero el malhumor se le pasó enseguida al comprender que tenía toda la casa a su disposición para registrar cada rincón y cada gaveta, recolectando "recuerdos" a su antojo.

Aquella vez que Gregorio visitó la casa de Jenny, pasaron a formar parte de su colección un prendedor de nácar en forma de tambor, que Alhelí le había prestado a su nieta, una cajita de cristales de muestra de mamá y la fotografía de Jenny vestida de princesa. Todo un botín en una sola casa.

Gregorio observó a la pequeña exploradora con disimulo y de inmediato reconoció a la princesa del retrato.

—Hola —tartamudeó el duende—. Cuando me regalaste tu retrato no conversamos mucho —añadió e hizo guiños y muecas incomprensibles para la niña.

—¿Mi retrato? —exclamó Jenny, perpleja, mientras buscaba con los ojos a mamá que se había quedado dormida al pie de un árbol, completamente extenuada.

—¿Cómo no vas a recordarlo? —se apresuró Gregorio y, arrebatándole la fotografía a Vílvor, se la mostró a Jenny—. Me lo diste como recuerdo de aquella visita.

—¿De verdad? —dudó Jenny, con sinceridad—, pues yo pensé que la había perdido... Es que por aquellos días también desaparecieron el tambor de nácar de mi abuelita y los cristales del microscopio, mamá pensó que era una travesura de los duendes.

Vílvor miró a Gregorio como un juez severo, y el pobre "acusado", lleno de vergüenza, no sabía dónde esconder su cara. Hubo un murmullo entre los animales.

—Has mentido, Gregorio —dijo Vílvor—, y lo que es peor, te comportaste como un ladronzuelo en el hogar de la princesa. ¿Cómo puedo volver a creer en ti?

Jenny sintió tanta pena por Gregorio que intercedió a su favor, argumentando que lo más gracioso de una visita de duendes en una casa es que las cosas desaparecían y, luego, se encontraban en los lugares más inesperados. Que eran bromas inofensivas, porque la alegría era tremenda cuando las personas recuperaban lo que creían perdido para siempre.

Cuando terminó su apasionada defensa, la niña se acercó a Gregorio y le dijo:

—Déjale el retrato a Vílvor, pero me encantaría ver la cara de mi abuela cuando encuentre su tamborcito de nácar en el refrigerador o donde más te guste. ¿De acuerdo?

Gregorio asintió con la cabeza. Estaba realmente apenado.

Más tarde, Jenny le aclaró a Vílvor que ella no era una princesa, sino una niña como cualquier otra —la fotografía era un recuerdo de una fiesta de disfraces—, que las princesas ya no existían sino en las películas y los cuentos, pero que si él lo deseaba ella podría jugar a ser princesa cada vez que volviera al bosque.

Sin embargo, Vílvor ya se había prendado de Jenny sin importarle su condición de exploradora o de princesa. Aquel ser pequeño, dulce y radiante había entrado en su corazón como un rayito de luz en una habitación oscura.

Tres coronas
para un rey

La exploradora principal dormía entre las raíces de una altísima ceiba sin recordar lo ocurrido durante la tarde. Hubiera podido dormir hasta el amanecer, pero la brisa del bosque le tocó el rostro, como advirtiéndole la hora. Al despertar, se encontró de golpe con su nueva realidad.

Todo era cierto: el bosque, los animales y el enorme dragón de tres cabezas. Buscó a Jenny con la mirada y no la encontró. Entonces gritó. La llamó una y otra vez muy asustada.

El follaje comenzó a moverse a su alrededor y, antes de tener tiempo de avanzar unos pasos, ya estaban frente a ella tres conejos, un tapir, cinco ardillas, dos topos soñolientos, cuatro coatíes, un mapache, tres jutías y un lémur.

Los animales estaban asustados porque no entendían la razón de sus gritos.

Mamá también tuvo miedo. No comprendía por qué aquella reunión animal la miraba con tanto detenimiento e impertinencia. Pero una mamá que ha perdido a su hija se sobrepone a cualquier tipo de temor. Se aclaró la garganta y gritó de nuevo: ¡JEEENNNNYYYY! Sin avisar, un lémur la tomó de la mano y echó a correr a través de la maleza. La exploradora mayor no tuvo otro remedio que seguirlo, a pesar de la rapidez con que iba el animal.

Al fin llegaron al arroyo, bañado por la luz de la luna. Un haz de plata bajaba desde el cielo y convertía el lugar en un sitio mágico. Los animales más variados rodeaban a Jenny y a Vílvor. Todos mostraban su entusiasmo emitiendo sus diversas voces.

Era el momento de la coronación del rey dragón.

La ceremonia había sido inventada por Jenny para coronar las cabezas de Vílvor con tres coronas de flores. ¿Cómo era posible que Vílvor, siendo el rey del bosque de las Sombras, no tuviera una corona en cada una de sus cabezas?

Mientras mamá dormía, Jenny enlazaba una flor azul con otra amarilla, seguida de una roja, para formar un círculo del tamaño de las cabezotas del dragón. Mientras realizaba esa tarea, le contaba a Vílvor la vida en el mundo de los hombres.

Cuando estuvieron listas las coronas se difundió un aviso para todos los animales del claro. Algunos no pudieron llegar, porque se hizo con muy poca antelación, pero la mayoría asistió a la ceremonia.

Gregorio se encargó de ayudar a Jenny: mientras ella ponía cada corona en la cabeza correspondiente, él sostenía las demás con aire de importancia. Finalmente, Jenny besó los tres hocicos del dragón y le dijo:

—Vílvor, tú eres el único rey en el mundo que lleva tres coronas al mismo tiempo. Seremos amigos para siempre.

Adiós sin
despedida

"Amigos para siempre" es una frase que se dice con frecuencia, pero no siempre se conoce su verdadero significado. A veces sucede que los amigos dejan de tenerse paciencia, y lo que antes consideraban bueno, empieza a irritarlos. En otros casos, uno de los amigos descubre que el otro solo aparece en los momentos buenos, pero en los difíciles se aleja y no es capaz de tenderle una mano. Cuando esto ocurre, se puede asegurar que la frase "amigos para siempre" ha sido dicha a la ligera.

Vílvor, que además de ser un dragón era también un buen amigo, sufrió mucho cuando perdió de vista a la única amiga humana que había tenido antes que Jenny. Se reprochó durante mucho tiempo por no haberla buscado en el mundo de los hombres, como lo hubiera hecho un amigo verdadero. Al final, después de largas reflexiones, aceptó que ni él ni su amiga habían sido capaces de ser fieles a la frase que Jenny había dicho con tanta ingenuidad.

Al escucharla, Vílvor tuvo la certeza de que Jenny era muy pequeña para comprender cuánto cariño, respeto y tolerancia se requería para ser "amigos para siempre". Pero creyó en sus ojos y, desde aquel instante, se entregó al cultivo de una nueva amistad.

La exploradora mayor se abrió paso entre el tumulto de animales. Sintió en su piel los hocicos húmedos de varios de ellos y el cosquilleo de sus bigotes. Al fin, logró deslizarse por debajo de una jirafa inmensa, cuyas patas delanteras parecían dos columnas manchadas.

Jenny la vio y sonrió. En ese momento su mamá parecía cualquier cosa menos una mamá científica y mucho menos una señora del microscopio (como le decía Jenny cuando se ponía brava por la cantidad de tiempo que le dedicaba al aparato). La pobre mamá estaba sudorosa, sofocada y hasta un poquito sucia... Sí, ligeramente enfangada y con la ropa repleta de pelos de todos los colores.

—Mamá, mira qué coronas más lindas hice para Vílvor —dijo Jenny, tratando de entusiasmar a su madre, aunque le daba pena verla en aquel estado.

—Preciosas, mi'jita —respondió mamá sin entusiasmo y agregó—: Es hora de ir a casa. Espero que el señor rey dragón pueda enseñarnos el camino de regreso, porque yo no tengo más tiempo. Las larvas de lepidópteros y los artrópodos están esperando por mí. Además, la muestra de la trompita de díptero que dejé en el microscopio puede echarse a perder —continuó explicando la mamá-científica y no la mamá-exploradora, mientras los animales la miraban sin entender y Jenny le rogaba con los ojos que se callara, pues aquellas palabras sonaban horribles en el bosque de las Sombras.

Pero la exploradora mayor no pudo detenerse. Solo quería regresar a su casa y recuperar el tiempo perdido. Muchas obligaciones la esperaban y no tenía idea de cómo salir de aquel laberinto de árboles. Habló de informes que tenía que entregar al día siguiente, de coleópteros, arácnidos, reuniones importantes y jefes intransigentes. Al mismo tiempo que aquel torrente de palabras salía de su boca, los habitantes del bosque, el arroyo y el rey dragón se alejaban, se hacían borrosos, perdían sus contornos, sin que Jenny, desesperada y llena de angustia, pudiera evitarlo.

—Vílvor, no te vayas —gritó la niña, corriendo hacia la nada, porque frente a ella solo estaba la calle de su casa, con el viejo edificio desconchado de la esquina débilmente iluminado.

Entre
el bosque
y la ciudad se
borran los caminos
Segunda parte

Es profundo tu mar, no tiene fondo…
Cristina Baeza

Donde se pierden los recuerdos

Jenny continuó visitando el bosque con regularidad. Desde aquella primera vez, mamá había prometido no hablar nunca más de su microscopio ni decir los nombres extraños con los que designaba a mariposas, arañas y otros bichitos durante el juego de las exploradoras, y lo cierto es que no solo cumplió su promesa, sino que hasta parecía disfrutar del juego sin quejarse del poco tiempo que tenía. Sin embargo, en una ocasión, le ocurrió algo muy desagradable: el camino que conducía al claro del bosque, residencia del rey dragón, era siempre diferente. Y es que la ley del bosque de las Sombras era elegir él mismo los senderos y pasajes que el viajero debía transitar. Por esa razón, las dos exploradoras no podían esquivar el paso por la selva del Olvido, cada vez que se topaban con ella en su recorrido. Y esa selva era un lugar tremendamente peligroso por su avidez de recuerdos.

Más de un viajero quedó despojado de su propia historia mientras se abría paso en la tramposa selva.

Vílvor les había advertido a las exploradoras qué hacer para mantener intacta su memoria y, con un buen entrenamiento, hasta podía ser divertido atravesar los matorrales de espesa vegetación, inventándose cada una un personaje y contando su historia en voz alta.

—Soy la reina Vitaliana Monteazul y nací en una islita perdida en el mar de los Sargazos —decía Jenny, casi a gritos, para que las orejas ocultas de la selva la escucharan.

—Y yo, la sirena Coralia del Valle, nacida y criada en la laguna de San Mateo —replicaba mamá a todo pulmón.

En medio de risas, inventaban dos vidas diferentes, casi siempre locas y divertidas. Era la mejor forma de alejar cualquier pensamiento sobre ellas mismas.

Cualquier recuerdo evocado en la selva del Olvido se quedaba allí para siempre, escondido entre sus plantas enmarañadas y enormes.

Jenny nunca dejó ni un pedacito de su memoria en la selva. Siempre tomaba precauciones antes de internarse en sus caminos. Por ejemplo: nunca, nunca pensaba en papá, aunque fuera un día de esos en los que más lo extrañaba. Le daba mucho miedo perder el recuerdo de su rostro. Jenny no estaba dispuesta a cederle ni un solo detalle a la selva. Tampoco pensaba en su abuela. Ni en sus amigos del colegio. Solo jugaba a no ser ella.

Para las personas mayores el asunto es más complicado. Sobre todo, si tienen problemas pendientes y, peor aún, si esos problemas son de una mamá-científica en su variante más grave: señora del microscopio.

Aquel día fatal, mamá-exploradora tenía en su cabeza un informe de mamá señora del microscopio que, a cada rato, surgía en su pensamiento. A pesar de que su boca hablaba de una sirena negra, enamorada de un duende azul, su cerebro iba ordenando las ideas del informe que debía entregar al director a la mañana siguiente. El resultado fue desastroso.

Cuando llegaron a la casa de Vílvor, mamá no recordaba nada de lo que debía contener aquel documento tan importante. Se desesperó. Quiso recorrer la selva y registrar cada uno de sus rincones. No lo hizo, por suerte. Hubiera podido olvidar muchas cosas más. Mamá-científica por primera vez en su vida dejó de hacer una tarea de semejante importancia. Lo que no fue demasiado grave, si se tiene en cuenta que su director pudo seguir viviendo sin el informe, como si jamás lo hubiera necesitado.

Jenny, aunque no lo confesó, sintió alivio al pensar que mamá solo había borrado de su memoria el famoso documento. Le parecía terrible la posibilidad de que olvidara cosas tan lindas como la excursión a la cueva del Indio, el día que floreció el jazmín que sembraron entre las dos en el jardín o el día que Jenny aprendió a nadar bajo el agua, siguiendo las instrucciones de la abuela Alhelí.

De todos modos, desde aquella vez, el paso por la selva del Olvido lo hicieron con especial cuidado y nunca más sucedió algo semejante.

En general, para las dos exploradoras, no eran demasiado difíciles los obstáculos del bosque de las Sombras, porque tanto Vílvor como los otros animales les habían enseñado a descubrir sus trampas.

Pero el bosque guardaba un misterio. Un peligro acechaba.

Un secreto que sale de las sombras

Una tarde, a la hora del regreso, las dos exploradoras tropezaron por primera vez con aquello que había permanecido oculto.

Caminaban despacio hacia el puente de las Piedras Móviles, que demarcaba la frontera este del bosque. Estaban cansadas y hasta Jenny quería llegar a casa. Cuando faltaban unos doscientos pasos para alcanzar el puente, sintieron una presencia extraña a sus espaldas. Como resortes, madre e hija miraron hacia atrás, pero no había nada: solo arbustos florecidos y la hierba corta y verde que cubría el camino. Más allá, los viejos y vigilantes árboles del bosque no mostraban indicios de peligro.

Jenny y mamá continuaron su recorrido, pero la extraña presencia, cada vez más cercana, las detuvo. Un nuevo vistazo a sus espaldas no resultó más exitoso y mamá intuyó que debían abandonar el lugar de inmediato.

Justo en ese instante, la vieron: una sombra oscura y enorme reposaba sobre la hierba.

Jenny se adelantó para distinguir sus contornos y pudo ver las tres cabezotas del dragón proyectadas sobre la tierra. No había lugar a dudas.

—¡Vílvor, no te escondas! ¡Descubrimos tu sombra! —gritó contenta.

El dragón no apareció y la sombra se acercaba más, arrastrándose por el suelo como una mancha viajera.

Las dos exploradoras se alejaron unos pasos y, casi al mismo tiempo, la mancha avanzó hacia ellas, manteniendo la misma distancia que las separaba.

Jenny y mamá sintieron mucho miedo. No se atrevían a correr. Clavadas en el suelo y casi mudas del susto, vieron cómo aquella sombra de dragón se incorporaba de la tierra y, transformada en un espectro gris oscuro, amenazaba con envolverlas.

Las dos exploradoras sintieron mucho frío.

Justo en ese momento, la conocida voz de tres ecos rompió el silencio:

—¡Aléjate, sombra! ¡No puedes hacerlo! —Y apareció Vílvor, con el lémur-mensajero encima de su lomo.

El espectro gris desapareció como por encanto, deslizándose hacia el bosque con rapidez.

—¿Cómo es posible, señor dragón, que no supiéramos nada de esa sombra que anda sin dueño por el mundo? —reclamó mamá, casi a gritos.

Jenny hubiera preferido que mamá no le hablara con ese tono a Vílvor, pero comprendía las razones por las que estaba tan brava. Aquella sombra no era cualquier sombra, sino la del propio rey dragón, quien siempre les había advertido de los peligros del bosque.

Vílvor también entendía el enojo de la exploradora mayor y se sentía responsable de lo sucedido.

—Lo siento, señora. —El dragón suspiró y tragó saliva con sus tres gargantas antes de continuar con su disculpa—: No pensé que esto podría suceder y me dio vergüenza confesar que mi sombra se niega a estar junto a mí.

Jenny casi llora al ver la tristeza de su amigo. La exploradora mayor sintió un poco de compasión, pero el susto había sido demasiado grande y todavía quedaba por aclarar lo más importante.

—¿Qué hubiera sucedido, señor dragón, si usted no llega a tiempo? —preguntó con dureza mamá.

El pobre rey dragón escuchó la pregunta que estaba esperando y su vergüenza se multiplicó por tres. Sus cabezas estaban tan calientes que ardían, y su color esmeralda se tornó violeta, porque un dragón nunca ha logrado sonrojarse por más apenado que esté.

Mamá lo miró impaciente. Al fin, Vílvor respondió:

—El frío que expulsa una sombra de dragón separada de su dueño puede congelar el corazón. —Hizo una pausa larga, poniendo de manifiesto que le era muy difícil decirlo todo, pero concluyó—: Hubieran muerto congeladas, sin remedio.

Mamá sufrió un desmayo de la impresión. Jenny y el lémur la ayudaron a recobrar la conciencia; la primera con palmaditas y el segundo con lametones. Vílvor las acompañó hasta el puente de las Piedras Móviles, convencido de que había llegado el momento de recuperar ese pedazo malvado de su naturaleza.

Cómo Vílvor perdió su sombra

Era el principio de los tiempos, al menos para Vílvor, que aún vivía en el desierto de las Arenas Verdes, el lugar donde nacen todos los dragones de la Tierra.

Vílvor era tan joven que empleaba casi todas las horas en adquirir los conocimientos necesarios para llegar a ser un genuino y terrorífico dragón. Pero mientras Vílvor aprendía a utilizar la llamarada de su triple garganta para calcinar los bosques, practicaba el robo de tesoros con sus garras o el rapto de princesas, volando por el cielo con sus alas doradas, una profunda tristeza se alojaba en su alma. Ocurría que Vílvor no quería convertirse en un auténtico dragón ni sembrar el terror a su paso.

Un día decidió escapar y, sin consultar a nadie, preparó su plan.

Escogió el mediodía, cuando los dragones duermen su siesta dentro de agujeros húmedos, protegiéndose del calor del desierto, y emprendió su vuelo con la esperanza de encontrar un lugar lleno de vegetación que le sirviera de hogar.

Alcanzó gran altura, con la mirada fija en el horizonte. Pero tan apurado estaba que se olvidó de su sombra dormida, ajena a los planes de su dueño. A esa hora, cuando el sol está en el mismísimo centro del cielo, las sombras de los dragones también descansan; duermen un sueño profundo de cinco minutos en el más escondido y húmedo rincón de sus cuevas.

Cuando Vílvor se dio cuenta del desastre, ya había avanzado un buen trecho y regresar a buscarla significaba arriesgarse a ser atrapado y, lo que era peor, acusado de traición. Vílvor no pensó cómo viviría sin su sombra, ni qué sería de ella sin él. Solo quería alejarse de la aridez y la maldad que lo habían rodeado desde siempre.

Al despertar, la sombra de Vílvor buscó a su dueño por todas partes. Recorrió cada rincón del desierto sin hallar ni una sola señal del joven dragón. Una sensación dolorosa la estremeció. ¿Traición? ¿Abandono? ¿Olvido? Ella no sabía pero, aún así, decidió buscarlo. ¿Qué era una sombra sin cuerpo? ¿Qué hacer allí, en aquel desierto, sino morir de dolor?

A la sombra de Vílvor le costó mucho tiempo llegar al bosque. Casi no le quedaban esperanzas hasta que un día encontró a Vílvor, convertido en un respetado y poderoso rey, pero ella ya no era la sombra feliz de un joven dragón. Tantos años de búsqueda y soledad le llenaron el alma de resentimiento y deseos de venganza.

—No volveré contigo, Vílvor —le dijo cuando se tropezaron en el claro—. Seré tu vergüenza porque vagaré por el mundo haciendo el mal. No tengo el fuego de tu garganta, pero el frío de mi naturaleza es tan mortal como el fuego.

El rey dragón sintió mucha pena por ella y le imploró perdón con sinceridad. Pero la sombra se mostró inconmovible.

Quizá Vílvor debió insistir más con la elegante humildad del que ama y se sabe culpable… El caso es que no se entendieron. Ella, escurridiza, merodeaba por el bosque sin acercarse. Y él, hastiado de aquella ofensa que no terminaba, acabó por volverse indiferente.

La sombra sufría en silencio, vigilaba los pasos del dragón y estaba al tanto de sus amigos y enemigos. A los primeros los odiaba porque amaban a Vílvor, y a los últimos también, por no amarlo.

Los sentimientos de la sombra siempre se debatían entre dos polos. Pero cuando descubrió la amistad entre Vílvor y Jenny, fue presa de unos celos feroces que la impulsaron a planear el crimen.

Esa fue la historia que Gregorio le contó a Jenny la tarde siguiente al encuentro con la sombra. Y la niña no pudo evitar sentir mucha pena por aquel espectro que sufría de abandono y soledad.

Una abuela exploradora

En los días que siguieron al descubrimiento del secreto de Vílvor, Jenny pensaba constantemente en cómo lograr que el dragón recuperara su sombra. Aunque no había vuelto a encontrarse con su amigo, su cabeza inventaba planes para atrapar al resentido espectro. A la hora de la siesta, en el colegio, Jenny fingía dormir con la cabeza apoyada en el pupitre y los ojos cerrados, mientras que su cerebro maquinaba. Una idea se posó en su nariz y otra, detrás de la oreja izquierda. Lo peor era que tenía que decidir ella sola cuál era mejor. Sus amigas del colegio no le creían una palabra sobre Vílvor. Y con mamá, las cosas andaban graves: después del susto de la sombra se había negado a jugar a las exploradoras.

—Vacaciones es lo que necesito —le dijo a Jenny, casi desesperada—. Ni Vílvor ni microscopio. Solo un poquito de paz.

Y se había ido al teléfono a conversar por un largo rato. En los últimos días un hombre desconocido la llamaba y ella no solo interrumpía su trabajo, sino que también sonreía y hablaba dulcemente.

Pero Jenny no tenía tiempo de pensar en esa nueva conducta de mamá, porque el problema de Vílvor era mucho más grave.

Por suerte, el fin de semana llegó la abuela Alhelí de visita.

Para Jenny no había mejor noticia que la llegada de su abuela, quien, acompañada de Wenceslao, tenía la intención de pasar unos días en casa. Alhelí traía sorpresas y alegría... Y lo mejor es que siempre tenía soluciones para cualquier problema.

La abuela Alhelí, de pelo azul y ojos enormes del mismo color, es delgada y camina siempre muy derechita y con rapidez, como si los años no le pasaran, aunque tiene bastantes. No se sabe cuántos, porque, según ella, a esa edad ya no es importante saber la cantidad exacta.

Wenceslao, su gato color miel, es tan viejo como ella y la acompaña a todas partes. No es posible imaginar a la abuela sin Wenceslao. Ella le habla como si el animal comprendiera el idioma español. Lo más increíble es que parece que la entiende. A veces, Jenny ha creído escuchar a Wenceslao respondiendo, pero cuando le ha preguntado a la abuela sobre eso, Alhelí sonríe y se queda en silencio.

Tal vez porque las abuelas de sus amigas son muy jóvenes —algunas se pintan el pelo de rojo o de rubio y hasta trabajan fuera de casa— a Jenny le preocupa un poco que la suya tenga tantos años. Sobre todo, después de escuchar que las personas muy ancianas se cansan de vivir. Por eso Jenny observa a su abuela con mucha atención, tratando de descubrir si está cansada de la vida. Sin embargo, nada parece indicar que la señora Alhelí tenga semejante problema.

En cuanto Jenny la vio en la puerta de su casa, le contó la historia del dragón, del bosque y de la sombra perversa. Lo único que no le dijo fue lo del tamborcito de nácar que Gregorio prometió devolver. La abuela Alhelí puso mucha atención a lo que su nieta contaba sobre Vílvor y Jenny creyó descubrir, en la mirada azul de su abuela, el destello que produce algún recuerdo querido. Pero no preguntó.

Un silencio largo vino después del cuento de la niña. Jenny llegó a pensar que su abuela se había olvidado de ella. Al fin, la anciana dijo:

—Tráeme la aguja de tejer y la caja de hilo que guardo en esta casa para alguna emergencia.

—Pero, abuela —protestó Jenny—, ¿no me darás ideas para ayudar al rey dragón?

La señora Alhelí repitió con dulzura la orden y regresó a su silencio. Jenny no pudo hacer otra cosa que buscar la aguja y el hilo sin decir nada más. De inmediato las manos de la abuela comenzaron a moverse con la destreza de una araña laboriosa. Toda la tarde estuvo tejiendo sin interrupción hasta que, al anochecer, una enorme red de color azul pálido, como el hilo con el que había tejido gorros y abrigos para su nieta cuando era pequeñita, se extendió por el piso de la habitación.

—¿De qué tamaño es esa sombra caprichosa? —preguntó Alhelí.

—¡Grandísima! —respondió Jenny, extendiendo sus brazos lo más que pudo.

La anciana, después de reflexionar un poco sobre la respuesta de su nieta y mirar cuánto había abierto los brazos, con un profundo suspiro se sentó de nuevo a tejer.

Jenny la miró en silencio, intuyendo la razón por la que su abuela tejía aquella especie de red para atrapar mosquitos gigantes. Sintió pena por ella. ¿Cómo podía imaginar su abuela que con una red de hilo fuera posible atrapar una sombra de dragón o de cualquier otra cosa, si las sombras se deslizan a su antojo por los agujeros de cualquier tamaño? Pero no dijo nada, para no decepcionarla.

Casi a la hora de comer, la red había crecido dos metros más y la abuela consideró que era suficiente. Fue entonces cuando le comunicó a Jenny que, al día siguiente, irían al bosque de las Sombras.

La noticia le dio tanta alegría a la niña que no se preocupó más por la utilidad de la red. Jenny no sabía si su abuela atraparía a la sombra, pero sí podía asegurar que con una exploradora como Alhelí, al día siguiente el camino de regreso a casa se convertiría en una excursión maravillosa.

Una cacería singular

Jenny esperó impaciente a su abuela a la entrada del colegio, y apenas emprendieron el camino de regreso a casa, sintió el sonido de las hojas secas bajo sus pies y se vio, junto a ella, entre los árboles del bosque.

A Jenny le pareció raro que Wenceslao no las acompañara, pero decidió no preguntar. Sabía que Alhelí hablaba poco de su gato y no le gustaba que le hicieran preguntas sobre el tema. Wenceslao era un misterio al que la niña no tenía acceso. Pero Jenny se sentía contenta porque Alhelí parecía disfrutar mucho más que mamá los peligros de la exploración. La abuela aparentemente conocía el bosque mejor que Jenny y, al tropezar con la selva del Olvido, supo inmediatamente qué hacer para no olvidar.

Al fin llegaron al hogar del rey dragón.

—Hola, Vílvor, te he traído a mi abuela —dijo Jenny a manera de presentación.

Vílvor bajó sus tres cabezas coronadas al nivel de Alhelí.

—Buenas tardes, señora.

—Nunca pensé que un dragón tuviera memoria de mosquito. —Fue el extraño saludo de Alhelí.

El rey dragón escuchó sin comprender, pero algo en los ojos de aquella señora delgada y de pelo azuloso le removió los recuerdos como en un torbellino. Imágenes del pasado se agolparon en sus tres cabezas. Los ojos de su cabeza principal se humedecieron. ¿Nostalgia? ¿Alegría? ¿Todo a la vez?... Aquella anciana era Alhelí, la misma niña con quien hizo un pacto de amistad eterna muchos años atrás y que ninguno de los dos cumplió. ¿Qué había sucedido? ¿Por qué Alhelí dejó de visitar el bosque sin despedirse? ¿Sin dar explicaciones? ¿Por qué él no se atrevió a buscarla? Demasiadas preguntas sin respuestas. Pero no era el momento.

—Ha pasado mucho tiempo, Alhelí —dijo el dragón al fin.

—Casi una vida humana —respondió la anciana—. Supongo que algún día hablaremos de eso. —Fue directo al grano—: Cuando te conocí, hace casi setenta años, ya tenías conflictos con tu sombra, y yo era demasiado joven para ayudarte. Hoy, gracias a mi nieta y también a mis años, creo que podré hacerlo.

Entonces, alrededor de Alhelí, se reunieron los colaboradores más cercanos de Vílvor: Gregorio, el lémur, dos ardillas y Jenny.

Con la energía propia de una jovencita, la abuela expuso su plan.

Gregorio fue enviado a encontrar el lugar del bosque donde la posición del sol permitiera que la sombra de la red se proyectara en el suelo.

—No entiendo —dijo Gregorio, con tono resabiado—. Si ya tiene la red, se la echamos encima y asunto resuelto.

La abuela respondió con una sonrisa cortés.

—Una red de hilo no sirve para atrapar una sombra, señor duende. Solo una red de sombras podrá prestarnos este servicio.

En ese momento. Jenny entendió por qué su abuela había tejido con tanto afán. No era posible obtener una red de hilos de sombra si no existía una de hilo verdadero y resistente.

Gregorio cumplió su misión con rapidez, y el segundo paso le correspondió a las ardillas.

Subieron a un árbol de caobo, alto y frondoso. En unas ramas seguras amarraron dos extremos de la red. Luego, con las otras dos puntas, saltaron hasta un cedro cercano. La red, camuflada en el follaje, proyectaba su enorme sombra sobre la tierra. Las ardillas regresaron al árbol con la trampa de hilo, para borrar del suelo la cárcel de sombra que podría levantar la sospecha del espectro fugitivo. Ellas estarían listas, esperando el momento de saltar cuando recibieran el aviso.

Quizá lo más difícil y peligroso del plan le correspondía a Jenny. Ella sería el señuelo. Su misión consistía en sentarse, entre el caobo y el cedro, a esperar a que la sombra del dragón descubriera su presencia.

El lémur sería el encargado de atraer a la sombra hasta el lugar indicado.

Todo había sido pensado y previsto cuidadosamente.

Jenny se sentó solita sobre la hierba corta y suave. Simuló leer un libro que Alhelí había traído como parte del plan. Parecía absorta, pero todos sus sentidos estaban muy alertas y su corazón resonaba como un tambor. Pasó una página y contempló a Caperucita, recogiendo flores en un sendero del bosque, y al lobo, acechante, feroz y hambriento, oculto tras un tronco… Un escalofrío recorrió a Jenny, pero no supo si lo que la hacía temblar era el miedo por Caperucita o por sí misma.

La sombra del dragón le ocultó el sol y una oleada fría le llegó hasta los huesos.

Un silbido corto y potente de Alhelí fue la señal para que las ardillas saltaran del caobo al cedro, tendiendo la red. El enrejado de hilos de sombra cayó sobre el espectro de Vílvor. Por primera vez, aquella porción del rey dragón sintió su naturaleza escurridiza atrapada con firmeza.

Con agilidad, el lémur tomó a la niña de la mano y la apartó del lugar cubierto por la sombra. Fue entonces cuando Vílvor, el rey dragón, cayó sobre ella con todo el peso de su cuerpo.

—Soy tu dueño y ahora que estoy sobre ti, volverás a ser parte de mí. —Se escuchó la voz de los tres ecos—. Hace mucho tiempo imploré tu perdón y ahora, con humildad, vuelvo a pedirlo. Prometo que nunca más te abandonaré.

La sombra se agitó como pudo, dando a entender que la liberaran de su trampa. Vílvor dio una señal para que las ardillas dejaran caer los extremos de la red. La sombra habló con su voz susurrante:

—Te he perdonado hace tiempo, Vílvor, pero todavía guardo resentimiento en mi corazón. Tendrás que enseñarme a querer a tus amigos. Necesitarás tiempo y paciencia antes de volver a ser lo que fuimos.

Vílvor no respondió. Se dio cuenta de que su sombra tenía razón. Faltaban muchos días dedicados a compartir sensaciones, deseos, sueños, sentimientos, y silencios para que los dos pudieran sentirse nuevamente uno.

Un día de poca suerte

Aquella noche, Jenny estaba más feliz que otras por varias razones: la primera, porque había podido ayudar a Vílvor en una cosa tan grave como es andar sin sombra por el mundo. La segunda, porque su abuela era mucho más especial de lo que ella jamás había imaginado.

Que Alhelí conociera a Vílvor y el bosque de las Sombras era el descubrimiento más importante que Jenny había hecho en sus siete años de vida y, como es natural, estaba desesperada por conocer todos los detalles de esa historia secreta de la abuela.

Pero Alhelí no quería conversar del tema. Por más que la niña insistió, la abuela se opuso. Tampoco estuvo dispuesta a hacer comentarios de la excursión al bosque ni de sus habitantes en presencia de Wenceslao. Jenny no supo si tanta discreción con el gato era porque no había sido invitado a la excursión o por algún otro secreto que la abuela guardaba. Era parte del misterio que siempre rodeaba a Wenceslao.

De todos modos, Jenny sabía que eso no era tan importante. Alhelí era maravillosa, y los secretos entre la abuela y su gato eran solo de ellos dos, pues, como todos los secretos, nadie más que sus propietarios tenían derecho a revelarlos. Por eso Jenny no insistió más y decidió aprovechar la última noche con Alhelí para que le contara de aquellos tiempos en que era una niña y solía encontrar en su casa de la playa tesoros en la arena: conchas, caracoles, estrellas de mar, y no tantos vidrios rotos y latas de Coca-Cola como por desgracia suele hallar Jenny cuando la visita.

Un ruido fuerte en la cocina interrumpió el cuento de Alhelí.

Como estaban solas en casa, la abuela decidió bajar las escaleras esgrimiendo el bastón de caoba labrado, que había sido del abuelo, como si se tratara de una espada. Jenny la siguió, valiente.

A pocos pasos de la cocina, un maullido furioso de Wenceslao las detuvo y, casi inmediatamente, escucharon el chillido de una rata… Bueno, eso fue lo que ellas pensaron. Alhelí tuvo miedo por el gato. Una rata podría reultar peligrosa para el gato. Pero la puerta se abrió de golpe y Wenceslao les pasó por delante a toda velocidad, huyendo de un ratón, vestido con overol y gorro rojo.

De un salto, Wenceslao se subió al hombro de Alhelí y, sintiéndose protegido, dejó caer en sus manos el pequeño prendedor de nácar que hasta ese momento llevaba en la boca.

La alegría de la abuela al recuperar su tamborcito fue tal como Jenny la imaginó. Alhelí besaba a Wenceslao, lo apretaba y le decía un montón de apodos cariñosos. Luego recordó al ratón vestido y lo buscó con la mirada. Se sorprendió al descubrir a Jenny contenta, sentada en el suelo junto al animalejo —la abuela había dejado las gafas en las habitaciones de arriba y no distinguía quién estaba con su nieta—.

—Jenny, ¿qué haces con ese ratón que, hasta el momento, lo único que ha demostrado es descortesía y poca educación?

—¡Protesto! ¡Yo no soy un ratón! —replicó con malhumor aquella cosa que Alhelí no lograba ver sin sus lentes—. Mi nombre es Gregorio y ya nos conocimos esta tarde.

Sin esperar más, Jenny le alcanzó los lentes a su abuela que se los puso con rapidez, pero con elegancia.

La figura de Gregorio se definió ante sus ojos.

—Señor duende, esta tarde en el bosque usted era un poco más grande, ¿o es que mis gafas me engañan?

—Los lentes de sus gafas están bien —respondió Gregorio, sin disimular lo mucho que le había molestado la pregunta indiscreta—. Cuando visito el mundo de los hombres, reduzco mi estatura al máximo, como medida de protección.

La abuela tuvo que disimular la risa. Desde su encuentro en el bosque, Gregorio le había parecido un duende mentiroso y cascarrabias, pero simpático.

—¿Y se puede saber qué hacía usted corriendo detrás de mi gato? —preguntó Alhelí.

—Ese gato impertinente arrebató de mis manos el prendedor de nácar… —respondió Gregorio, sin darse cuenta de que estaba descubriendo su falta.

—Así que tengo frente a mí al culpable de la pérdida de mi tambor —exclamó la abuela, fingiendo enojo, y añadió sin compasión—. Creo, señor Gregorio, que usted se reduce de tamaño para hacer cosas indebidas.

El duende no sabía qué hacer. Intentó una excusa. Tartamudeó. Quiso disimular. Pero terminó acudiendo a la ayuda de Jenny. Y esta, claro está, intercedió por él. Después de todo, si Gregorio estaba allí era para cumplir con su deseo. Su intención seguramente era dejar el prendedor en la vasija del azúcar o en el refrigerador para sorprender a la abuela; sin embargo, las cosas no le habían salido bien.

Alhelí, que era una vieja amiga de los duendes, no tardó en perdonarlo. Gregorio, antes de despedirse, intentó congraciarse no solo con la anciana sino también con Wenceslao. Pero no fue una idea feliz.

—Señora Alhelí, a pesar de que mi primer encuentro con su gato no ha sido muy armonioso, reconozco que no es un gato común.

Alhelí se puso en guardia y trató de interrumpir al duende, pero Gregorio, que además de cascarrabias era testarudo, continuó con su idea:

—Los gatos comunes jamás han detectado a un duende. En mis exploraciones por el mundo de los humanos he caminado por delante del hocico de miles de gatos y ni uno de ellos se ha enterado. Pero este —señaló a Wenceslao que movía la cola y lo miraba fijo, demostrando que no le gustaba para nada la situación—, apenas entré a la cocina, me vio. ¿Podría decirme dónde lo encontró?

Pero a la abuela le entró un ataque de tos tan violento que tuvo que buscar un vaso de agua e irse a su habitación sin responder al duende.

La niña pensó que no había sido un día de suerte para Gregorio. Con tantas cosas de qué hablar, elegir el tema prohibido... Por fin se despidieron con un hasta pronto sin sospechar que no volverían a verse en mucho tiempo.

Vacaciones inesperadas

Jenny se fue a la cama sola porque mamá no había llegado y Alhelí no volvió a salir del cuarto. Jenny desde la puerta le dijo "hasta mañana" y la abuela le respondió "que sueñes con los angelitos", como siempre hacía cuando estaban juntas. Pero no le dijo que entrara, y la niña decidió dejarla descansar, porque el día había sido muy agitado para ella.

Ya en su cama, Jenny pensó en mamá. Durante esos días había estado más señora del microscopio que de costumbre, aprovechando la presencia de Alhelí. Pero hoy, al despedirse, no había hablado de laboratorios ni de trabajo. Además, recordó Jenny, estaba muy linda, con un vestido elegante y maquillada como casi nunca, hasta con pintura de pestañas, de esa que hace que los ojos parezcan más abiertos y un poco asombrados. ¿Qué podría estar haciendo mamá a esas horas fuera de casa? Era algo inexplicable para Jenny, que ya se había acostumbrado a estar siempre con ella, aunque fuera con el microscopio estorbando entre las dos... Entonces, el pensamiento de Jenny voló lejos, al lugar desconocido donde estaba papá y, en ese momento, se dio cuenta de que hacía muchos días que no pensaba en él. Evocó su imagen y, aunque quiso reproducir cada detalle de su rostro, este se alejaba. Tuvo miedo. Buscó la fotografía que él le envió meses atrás y la estuvo observando mucho rato. Pero la fotografía no fue suficiente. No podía devolverle la sonrisa de papá cuando iban los domingos al zoológico y él inventaba cuentos de la jirafa que le habían regalado siendo niño o del rinoceronte que una vez se encontró en las sabanas africanas. Mentiras que Jenny compartía divertida porque lo maravilloso no era cuánta verdad tenían aquellas historias, sino el placer de imaginarlas junto a él, antes de dormir.

La niña guardó la fotografía bajo la almohada y se sorprendió al no sentir aquella sensación en el medio del pecho, que era como un nudo apretado, cuando pensaba en papá. Aunque no supo si era bueno que sucediera, sintió un poco de alivio. Al principio, la separación fue, como toda ausencia, un pozo hondo y sin luz.

Cerró los ojos pero estaba intranquila. Los ruidos exteriores se colaban por sus orejas. Maullidos de gatos, carcajadas de algún trasnochador, ladridos de perros, las gotas del agua de la llave que no cerraba bien, hasta que por fin, el sonido lejano de la puerta —señal de que mamá había llegado— le trajo un sueño apacible y profundo. Tanto, que no se enteró del beso que le dio mamá en la punta de la nariz, ni tampoco del ruido de gavetas que desplegó luego, mientras seleccionaba la ropa que guardaría en la maleta de viaje.

Jenny desconocía que unas vacaciones la esperaban al día siguiente. Una verdadera sorpresa al amanecer: todo su equipaje empacado y tres pasajes para la ciudad más antigua del país, donde los duendes se trasladan en coche y la luna siempre se las arregla para recortarse en el cielo, redonda y brillante, como dibujada por un artista soñador.

Lucas

La estación de ómnibus estaba en pleno movimiento. Personas con maletas, cajas y bultos, que iban de un lado a otro. Jenny y mamá aguardaban sentadas en el gran salón.

—¿Por qué tienes tres boletos en la mano? —preguntó Jenny de repente—. Si abuela Alhelí no viene, ¿a quién esperamos?

Mamá dudó un poco antes de responder. Miró otra vez hacia la entrada de la sala de espera y, al fin, se decidió:

—En estas vacaciones tendremos compañía.

Jenny la miró esperando que continuara, pero mamá no dijo nada más. Otra vez paseó la vista por todo el lugar.

—Mamá, ¿por qué estás así? ¿Quién vendrá con nosotros? —insistió Jenny, curiosa, y hasta un poco ilusionada—. ¿Ha regresado papá?

Pero mamá no respondió porque, frente a ella, estaba un hombre que sonreía mirándola a los ojos.

Un hombre alto y agradable que Jenny veía por primera vez.

—Hola, Jenny —le dijo el desconocido—. Mi nombre es Lucas y viajaré con ustedes a Trinidad.

Jenny miró a mamá esperando alguna explicación y encontró a una mamá transformada. Su rostro, hasta hace un segundo tenso y angustiado, ahora se veía dulce y alegre. Sonreía complacida, sin quitar los ojos del recién llegado y ajena por completo a lo que sucedía a su alrededor.

—¿Él es tu novio? —preguntó Jenny, tirando de la blusa de su madre, resuelta a que se le atendiera de una vez por todas.

Por fin, mamá —siempre científica, a veces exploradora y ahora enamorada— logró explicarle a Jenny que Lucas era su nueva pareja, con quien pensaba compartir las vacaciones y, más adelante, su vida.

Aunque Jenny todavía era pequeña para entender del todo las palabras de mamá, se dio cuenta de que pasarían sus vacaciones con aquel apuesto señor y, en apariencia, lo aceptó sin chistar.

Sin embargo se dedicó a reflexionar sobre las personas mayores. Quizá por primera vez comprobó que para entenderlas era necesario crecer mucho más y, para ese entonces, irremediablemente ella sería una persona mayor, con un millón de cosas incomprensibles.

Tal vez papá tenía una novia allá lejos, a la que ella no conocería. En la cabeza de Jenny bullían una gran cantidad de preguntas. ¿Quién se habrá olvidado primero, papá de mamá o al revés? ¿Y a ella, podrían olvidarla a ella?

Esa última duda estuvo rondando sus pensamientos durante todas las vacaciones, pero nunca se atrevió a decirla en voz alta, sobre todo, porque empezaba a sentir miedo de que en el mundo de mamá y Lucas no hubiera mucho espacio para ella.

Una tarde, cuando paseaban por las calles de la vieja ciudad, Jenny le contó a Lucas sobre Vílvor, pero Lucas respondió que él solo había visto dragones de porcelana china. Otra vez, en una playa cercana al hotel, Jenny intentó jugar a los exploradores con Lucas y mamá, pero él volvió a dar muestras de su incapacidad para ese tipo de juegos. Después de varios días, Vílvor y sus amigos estaban muy lejos del pensamiento de Jenny, porque Lucas era imposible de combinar con el bosque de las Sombras, y mamá parecía deambular en una dimensión única llamada Lucas, de la que solo salía para saber si su hija se había bañado, comido o necesitaba dormir. Jenny comprendió que, para estar con mamá, no tenía otro remedio que aceptar a Lucas con sus propuestas de juegos y paseos, aunque fuera preciso renunciar a sus amigos.

Después de todo, Lucas tenía sus ventajas. Con él cabalgó por primera vez en un caballo muy bello, pescó con una vara y aprendió a nadar sumergida en el agua, sin taparse la nariz.

Así fue como empezó el olvido. Y el olvido es una especie de niebla que se extiende sutilmente por la memoria y lo va cubriendo todo. Es una nube que se traga las cosas malas, pero también las buenas, como los amigos. Y cuando se pierde el rastro de un buen amigo, recuperarlo es una tarea fatigosa y difícil.

Eso le sucedió a Jenny con Vílvor y los demás habitantes del bosque.

Todo
diferente

El día que volvieron a casa, Jenny se sintió feliz de regresar a su mundo anterior: ella y mamá solas otra vez. Pero su alegría duró poco. El microscopio era una tontería comparado con el poder que ejercía Lucas sobre mamá. Sin él, mamá parecía ausente, como si estuviera en una cápsula transparente, pero impenetrable.

Jenny se sintió sola. Tan sola como una isla desierta rodeada de un mar profundo. No era el mismo mar que la separaba de su padre. Era uno mucho más oscuro que la aislaba de su mundo confortable y pleno.

Después de las vacaciones todo cambió.

Al final de clases, era siempre Lucas quien la recogía en el gran portón de aluminio. A veces, la esperaba con un botón de rosa en la mano. Otras, con un chocolate en el bolsillo. Pero nunca más hubo la más mínima posibilidad de jugar a las exploradoras.

A la hora de comer, Lucas siempre se quedaba y mamá le preparaba sus platos preferidos. Si cocinaba espaguetis era por Lucas y si hacía chicharritas de plátano, también. Como si hubiera olvidado que las chicharritas eran lo que siempre y, a toda hora, Jenny quería comer, mucho antes de que existiera Lucas.

Unas semanas después de las vacaciones, mamá se sentó con Jenny y le dijo:

—Dentro de dos días irás a vivir por un tiempo con la abuela Alhelí.

Jenny sintió una tremenda alegría. Inmediatamente pensó en el mar y en lo divertido que sería estar con la abuela a toda hora. Pero, de repente, sintió como una señal de peligro que la hizo reaccionar.

—¿Y tú? —le preguntó a mamá, que no paraba de moverse, nerviosa.

—Tengo que irme de viaje —respondió, buscando con su mirada los ojos de Jenny— . Son solo seis meses. Vas a ver que se pasarán muy rápido… Debo ir porque estudiaré en una universidad muy importante y aprenderé mucho más sobre mis bichitos.

—¿Más? —replicó Jenny, pensativa—. ¿Por qué para saber más tienes que irte, si aquí te pasas todo el tiempo estudiando y hasta tienes un microscopio en la casa?

—En ese lugar saben más que nosotros… Tienen más adelantos —dijo mamá, sonriendo.

—¿Y Lucas? —preguntó Jenny—. ¿Él sabe que te vas?

Mamá miró a Jenny con pena.

—Lucas también va conmigo —dijo con un hilo de voz—. Los dos nos ganamos esa beca.

Un relámpago cruzó por los ojos de Jenny. Un sentimiento terrible se apoderó de ella. Su rostro rojo, muy rojo, reflejaba decepción y un poco de ira.

—Los dos, siempre los dos —gritó Jenny, llorando—. ¿Y yo, mamá? ¿Por qué no voy contigo?

—Los sollozos la ahogaban—. Si él se quedara, tú no lo dejarías.

Mamá, sorprendida, abrazó a Jenny con ternura y también lloró en silencio. Después le habló con dulzura y mucho cariño. Le explicó que la beca era un viaje de estudios donde no podían ir niños. Que ella tendría que pasar todo el tiempo entre libros y bichitos, lo mismo que Lucas, y que los dos se convertirían en un par de señores del microscopio.

Jenny sonrió entre lágrimas. Las palabras de mamá la consolaron un poco, aunque estaba muy triste.

—Prométeme que no harás lo mismo que papá —dijo Jenny con seriedad.

Mamá no comprendió en ese momento.

—Dime que no te quedarás para siempre en ese país a donde vas, como hizo papá —insistió Jenny con un poco de angustia.

Mamá la volvió a abrazar con fuerza y le prometió con firmeza que volvería.

Jenny le creyó, pero siguió estando triste. A pesar de que adoraba a su abuela y le encantaba vivir en su casa, su amor por mamá era único y no quería estar sin ella tanto tiempo. Sentada frente al globo terráqueo que le regaló Alhelí por su cumpleaños, puso un dedo en el país donde estaba papá y luego señaló al que iría mamá. Un mar demasiado profundo los separaba a los tres.

Lo que no
se ha buscado
no está perdido

Vílvor caminó por el bosque. Había silencio, a pesar de que ya comenzaban a verse las primeras luces del amanecer. La mayoría de los animales diurnos todavía dormían, mientras que las lechuzas y los demás noctámbulos se preparaban para un sueño reparador.

Vílvor estaba solo y, además, muy triste.

Recorrió con sus seis ojos todo el bosque y no vio más que vacío, como si el arroyo, la selva y los tupidos y macizos árboles se hubieran borrado de repente.

Más de treinta días habían transcurrido desde la última vez que Jenny visitara el bosque. El rey dragón esperaba desde entonces, todas las tardes, la llegada de su amiga. Cada vez que el sol declinaba, Vílvor sentía renacer la esperanza. Luego, al pasar las horas, un dolor punzante le quemaba el corazón.

—Tus alas todavía sirven para volar —escuchó la voz susurrante de su sombra, con quien Vílvor ya no tenía secretos. Pero el dragón no respondió. Un profundo suspiro escapó de su triple garganta.

Entonces la sombra habló otra vez.

—Le he pedido a Gregorio que la busque.

Vílvor la miró sorprendido. Jamás nadie había tomado una decisión por él, pero no protestó. La sombra solo había hecho realidad sus deseos.

—Gracias —dijo, tras un suspiro. Y se recostó en la hierba, a la orilla del arroyo. Tenía el retrato de Jenny, vestida de princesa, entre sus patas.

Justo a esa misma hora, Jenny llegaba en un auto a casa de la abuela Alhelí.

Mamá bajó el equipaje de Jenny… Un largo abrazo a la abuela… Muchos besos a Jenny. Abrazó nuevamente a la abuela y, entonces, apretó muy duro a Jenny contra su pecho. Sin poder mirar a los ojos ni a la abuela ni a la niña, mamá subió al auto y partió directo hacia el aeropuerto. Lloraba en silencio.

Jenny estuvo mirando cómo el automóvil se perdía en la carretera. Luego, se acercó a su abuela y las dos se abrazaron por un largo rato, sin decir una palabra.

Jenny y Alhelí, tomadas de la mano, fueron a contemplar el mar que a esa hora parece tan apacible como un animal dormido. Wenceslao con su andar cadencioso y todavía soñoliento, también se acercó a la orilla.

En el instante preciso en que Wenceslao decidió acompañar a su dueña al mar, Gregorio entró a la casa de Jenny, tras muchas precauciones inútiles, porque estaba vacía.

Gregorio recorrió el lugar rincón por rincón. Al llegar al cuarto de Jenny se dio cuenta de que en el pequeño escaparate casi no había ropa. Abrió las gavetas y las encontró medio vacías; fue entonces cuando entendió que Jenny se había ido. No supo qué hacer. Cómo decirle a Vílvor que su princesa había desaparecido y, lo más grave, que no tenía idea de dónde encontrarla.

Gregorio se rascó la cabeza preocupado. Por primera vez en su vida de duende tenía que ocuparse de un problema ajeno y la verdad es que no estaba acostumbrado. Estuvo a punto de olvidar todo aquello y pararse frente al rey dragón, como un duende-robot, y decirle que la princesa del retrato había desaparecido. Que se había esfumado. Que no había rastros de ella. Pero lo pensó mejor y, como en el fondo era sensible, se dio cuenta de que no soportaría la tristeza de Vílvor.

Tardó unos segundos en tomar una decisión. No llegaría al bosque sin noticias. Se fue a la cocina para evitar el hambre. Sobre la mesa encontró dos galletas que, por lo pronto, le sirvieron de desayuno, almuerzo y cena. Mientras comía, pensaba: "Menos mal que también se ha ido de viaje ese tal Wenceslao".

Transcurrieron tres días sin que Gregorio regresara al bosque. Todos hablaban en voz baja sobre la ausencia del duende. Mientras tanto, Vílvor vagaba por los rincones más apartados, sin hablar ni mostrar interés en cosa alguna. Los animales querían animarlo de cualquier forma. Hasta inventaron una riña familiar para que el rey dragón interviniera como juez y se olvidara de su tristeza por un rato. Pero cuando el lémur se presentó ante Vílvor con los dos primos topos, disputándose una galería subterránea, Vílvor los miró con cara de pocos amigos y los amenazó con rellenar de tierra todos los túneles familiares si no se olvidaban de una riña tan tonta. Los pobres topos se asustaron, abandonaron el simulacro inmediatamente y regresaron a la tranquilidad de sus cuevas. Al parecer, no había forma de sacar a Vílvor de su mal humor.

La sombra se acercó a Vílvor cinco días después de la ausencia del duende.

—Si no te decides y vuelas a ese mundo de los hombres, creeré que eres un cobarde. Pero no solo lo pensaré yo, sino también todos los habitantes del bosque. —Hizo una pausa para ver cómo reaccionaba el dragón y continuó—: Si lo pienso yo, no es tan grave. Al fin y al cabo, soy parte de ti. Aunque te confieso que siento escalofríos de pensar que no soy más que la sombra de un dragón cobarde.

—¡Basta! —la interrumpió Vílvor con violencia—. No es el miedo lo que me impide ir a buscarla. —Bajó sus voces en un susurro triple—: Es que no sé si valdrá la pena. Tal vez ya me olvidó.

—Si desconfías, entonces, ¿por qué sufres? —respondió la sombra—. Si te olvidó es una niña falsa, así que bórrala de tu memoria. Lo peor es que el pobre Gregorio anda perdido por ese mundo, a causa de una chiquilla olvidadiza.

—¡Basta! —volvió a gritar Vílvor, pero esta vez con sus tres gargantas y una llamarada de indignación—. No vuelvas a decir nada ofensivo de Jenny. ¡Nunca más!

Vílvor batió sus alas doradas y se elevó dos metros por encima del suelo. La corriente de aire despeinó los árboles cercanos y una bandada de palomas rabiches voló asustada por la ventolera repentina.

Vílvor alcanzó una altura de veinte metros y le gritó a su sombra:

—Agárrate fuerte, sombra, que no pienso detenerme hasta llegar al mundo de los hombres.

Solo una familia de conejos se dio cuenta del vuelo de su rey. Pero como era tan numerosa, la noticia se corrió por todo el bosque en pocos minutos.

Al
menos
una pista

Cansado de aquel encierro voluntario, Gregorio decidió hacer una incursión por los apartamentos vecinos, con dos objetivos concretos: el primero, encontrar más provisiones para su alimentación elemental; el segundo, hallar alguna pista sobre el paradero de Jenny.

Su tamaño diminuto le permitió colarse en los más cercanos. Vigiló un rato la puerta del apartamento de enfrente, hasta que la vecina salió unos segundos a comprar pan. El duende entró como un bólido, apenas sin mirar, antes de que el aire cerrara de golpe la pequeña puerta que la vecina había dejado abierta. Y se dio de narices con Cleopatra, una gata negra de ojos amarillos y cola peluda. El duende se detuvo frente a sus bigotes, casi sin respiración. La última experiencia con Wenceslao lo había marcado seriamente y ahora, frente al hocico de aquel animal de ébano, se le erizaron todos los pelos, incluyendo los de su barba.

Pero Cleopatra era una gata común y corriente, y la presencia del duende solo le provocó un poco de cosquillas en la nariz. Estornudó dos veces, y Gregorio fue a parar al otro extremo de la habitación, cerca de la puerta de la cocina. Allí el duende pudo satisfacer su más urgente necesidad. Sumergido en los armarios, encontró un pedazo de queso. Ya estaba en el postre —una exquisita barra de dulce de guayaba— cuando escuchó que la dueña de la casa entraba acompañada de una amiga.

Las mujeres conversaban animadas.

—Yo no sabía nada —dijo la amiga y agregó a manera de chisme—: De modo que dejó a la hija y se fue con el nuevo pretendiente…

—Bueno, no es tan así —trató de aclarar la dueña de la casa, mientras preparaba un café—. Los dos se ganaron una beca, y la niña estará con su abuela durante ese tiempo.

Esa última información provocó indignación en la amiga. Y casi gritó:

—Pero dejar a la niña con esa vieja estrafalaria que no se separa nunca de un gato todavía más viejo que ella, es imperdonable.

En ese momento de la conversación, las orejas de Gregorio se pararon como radares: "Vieja estrafalaria con gato" no podía ser otra que Alhelí, y Alhelí era el camino directo a la princesa de Vílvor.

La dueña de la casa se empeñaba en defender a la abuela de Jenny, sin dejar de batir el café recién colado.

—Chica, si tú supieras. Es verdad que el gato es un poco raro... ni siquiera resiste a mi Cleopatra, pero la señora es muy agradable. Y lo que sí te puedo asegurar es que adora a su nieta.

—¿Tú crees? —se cuestionó la otra, incrédula.

—Estoy segura. He conversado con ella —afirmó la dueña de la casa, mientras le alcanzaba una taza de café a la amiga, y añadió—: Estoy segura de que allá en Santa Fe, Jenny se sentirá contenta y se bañará en el mar todos los días.

Al duende no le hizo falta espiar más. Ya tenía la información que necesitaba y salió disparado de su escondite, enredándose nuevamente con los bigotes de Cleopatra, quien, por segunda vez, lo lanzó por el aire con un fuerte estornudo.

Pero a Gregorio le importó poco volar por unos instantes. Iba feliz para el bosque de las Sombras, con la gran noticia.

Tribulaciones
de un dragón

Precisamente en el momento en que Gregorio abandonaba el mundo de los hombres, Vílvor descendía de su viaje agotador.

Decidió hacerlo en un parque con árboles antiguos, cuyas raíces caen de sus ramas a manera de lágrimas.

Vílvor respiró el aire de la ciudad y se dio cuenta de que, como ya le había comentado el duende, estaba mezclado con otras sustancias irritantes y poco saludables. Igual que Cleopatra, el dragón estornudó con sus tres narices y un vendaval agitó el follaje.

No había un alma en el parque y Vílvor se decidió a explorar el mundo de su amiga Jenny, a pesar del asfalto que lo hacía resbalar y de su atmósfera mezclada de impurezas.

Apenas había caminado unos pasos, cuando se dio cuenta de que necesitaba preguntar. Alguien tenía que conocer a la princesita.

Miró a su alrededor con sus seis ojos, cada par en una dirección diferente. Por fin vio que una cuadra más allá, hacia el oeste, se acercaban dos mujeres charlando animadamente. Eran la dueña de Cleopatra y su amiga. Vílvor no esperó. Dio seis zancadas largas y llegó frente a ellas.

—Buenos días —les dijo con sus tres voces, de manera muy educada.

Las dos señoras dejaron de conversar un segundo para mirar en dirección a las voces. Pero no respondieron el saludo.

La dueña de Cleopatra perdió el habla. Gesticulaba y hacía intentos de emitir algún sonido, pero no podía. La otra, cayó al suelo sin conocimiento, derramando un litro de leche que llevaba en la mano izquierda.

Vílvor trató de ayudarlas, pero no sabía cómo. Trató de despertar a la desmayada, pero la dueña de Cleopatra gesticulaba cada vez más. Entonces, decidió continuar su búsqueda, sin sospechar que aquellas damas sabían el paradero de la niña.

Las dos señoras se quedaron solas con su gran susto. Un perrito callejero se acercó a beber la leche derramada, asegurando así el desayuno del día. Mientras lamía el suelo, movía la punta de su cola, como si no quisiera que se dieran cuenta de que él había sido el único ganador de aquel embrollo.

El dragón avanzó a gran velocidad. Dobló la primera esquina casi sin mirar, topándose con una pandilla de chiquillos descamisados, que se deslizaban por la vía en patines y patinetas. Algunos eran verdaderos equilibristas. Esperanzado, trató de hablarles, pero los niños corrieron muertos de miedo y algunos, desde cierta distancia, le lanzaron piedras.

Vílvor no podía entender. Si hubiera llegado echando llamaradas por sus tres gargantas, era lógico que los seres humanos le respondieran con miedo y agresión. Pero él había sido cortés, educado y gentil. Tampoco entendía por qué causaba tan mala impresión en las personas que se encontraba, cuando por las calles rodaban unas maquinarias enormes como dragones, que expulsaban humo negro por los costados. Para colmo, todos parecían estar desesperados por ver a semejantes monstruos detenerse a sus señales.

Un ómnibus repleto de pasajeros interrumpió sus pensamientos. Se detuvo muy cerca de él y, mientras los viajeros subían y bajaban a empujones y gritos, Vílvor comprobó que aquel acto casi salvaje de entrar y salir del animalejo metálico no tenía qué ver con el miedo.

Como en una parada de autobús lo más importante es subir o bajar, nadie vio al dragón.

Vílvor dejó sus reflexiones y abordó a otro tran-
seúnte. Llevaba gafas oscuras y bastón. Caminaba
sin prisa, ajeno a la angustia de los otros por perse-
guir a la oruga gigante.

—Buenos días —le dijo, con una sola de sus voces
para moderar el efecto.

—Buenos días tenga usted —le respondió el señor.

—Quisiera saber cómo encontrar a una amiga
—preguntó Vílvor, un poco asombrado de encontrar a alguien que le respondiera con amabilidad, sin
asustarse ni correr.

—¿Tiene su dirección? —indagó el hombre del
bastón.

—No... —contestó algo apenado Vílvor—. Pero
puedo decirle que se llama Jenny, que es muy linda
y que parece una princesa delicada.

El hombre sonrío, mientras decía:

—No sabe mucho de ella, señor...

—Vílvor. Mi nombre es Vílvor.

—Pues, señor Vílvor, lo único que puedo reco-
mendarle es que vaya a la oficina del Registro de
Direcciones.

—¿Y eso qué es? —preguntó el dragón, al escuchar un nombre tan complicado.

—Usted debe ser extranjero —reflexionó en voz
alta el de las gafas.

—Sí, vengo de lejos —respondió Vílvor, impaciente, y agregó—: Por favor, dígame más o menos cómo llegar a ese lugar.

—No se impaciente, señor extranjero. En ese lugar están registradas todas las direcciones de los habitantes de este municipio. Si su princesa vive acá, seguro que la va a encontrar. —Sin decir más, siguió su camino, tanteando con el bastón, ya sumido en sus propios pensamientos.

El rey dragón nunca supo por qué aquel señor había sido el único que no lo había rechazado por ser diferente.

En general, las personas usan sus ojos para ver lo que está a simple vista y, a partir de esa mirada, aceptan y simpatizan o juzgan, agreden y desdeñan a los otros por algo tan poco importante como la apariencia. Pero Vílvor era ajeno a tal injusticia. Él trataba de la misma forma a una tortuga arrugada que a un conejo blanco y peludo.

El dragón siguió su camino con la idea fija de encontrar a su amiga y, tras dejar sin conocimiento a dos o tres personas más, se encontró con la tan importante oficina.

Entró con cierta dificultad por una puerta bastante estrecha para su cuerpo y enseguida se dio de narices con un separador de cristal, tras el que estaba una mujer que parecía absorta en unos papeles con listados infinitos de nombres. Vílvor esperó unos segundos, pero la mujer no dio señales de saber que alguien esperaba por ella. Al fin, el dragón se decidió:

—Buenos días —dijo con una sola de sus voces.

La empleada no respondió ni dio señal de que hubiera escuchado el saludo.

El dragón repitió su frase con educación y la mujer, sin mirar a su interlocutor, respondió con una pregunta:

—¿Qué desea?

Animado, el dragón se dispuso a explicar el asunto que lo había llevado frente a ella.

—Busco —casi susurró Vílvor— a una niña llamada Jenny…

—¿Tiene el número de su documento de identidad o el registro de menor? —Lo interrumpió la mujer sin levantar la vista.

—¿Número de…? —balbució Vílvor, casi desesperado por no comprender aquel lenguaje. Pero no se dejó intimidar—. No tengo ninguno, pero puedo decirle que es pequeña, delicada, con el pelo largo y ondeado…

Mientras Vílvor hablaba, la mujer detuvo su labor, y casi al mismo tiempo su rostro se empezó a tornar púrpura de indignación. Al fin, levantó la vista para injuriar al estúpido que le hacía perder el tiempo, buscando a una niña sin la más mínima información de valor. Números, ella necesitaba números. El número de identidad, la dirección, la edad. En fin, números. Información objetiva y concreta.

Pero la malhumorada señora no pudo decir una sola palabra. Quedó completamente rígida, con la boca abierta. Parecía una figura de cera de un museo del horror.

El rey dragón comprendió que no había nada qué hacer en aquel lugar y salió a la calle. Una multitud lo esperaba. La gente estaba violenta y fuera de control. Le arrojaron piedras y trozos de madera. Vílvor se sintió agredido y reaccionó lanzando una llamarada al viento. Los hombres se agacharon temerosos, pero de inmediato se comportaron de manera más agresiva. Una piedra golpeó la cabeza derecha del dragón, atontándola, y las otras dos lanzaron llamas cortas, que quemaron los pantalones de los que estaban cerca.

Una sirena de bomberos sonaba cada vez más próxima, hasta que su sonido penetrante vibró en los oídos de todos, especialmente, en los de Vílvor.

La multitud se dispersó, y a Vílvor le lanzaron chorros de espuma.

A duras penas, el dragón logró levantar el vuelo. Batió sus alas doradas, despojándose de aquella sustancia espumosa que le pesaba y voló por encima de la gente enfurecida. Iba con el corazón destrozado, decepcionado del mundo.

Un minuto después llegó Gregorio, a tiempo de escuchar los comentarios de los presentes sobre aquel suceso que nadie comprendía muy bien. Un dragón en medio de la ciudad era algo completamente inusual.

En el suelo quedó, pisoteado y roto, el retrato de la princesa.

Solo el corazón
no tiene fronteras
Tercera parte

Son misterio tus ojos, calan hondo…
Cristina Baeza

De nuevo, Wenceslao

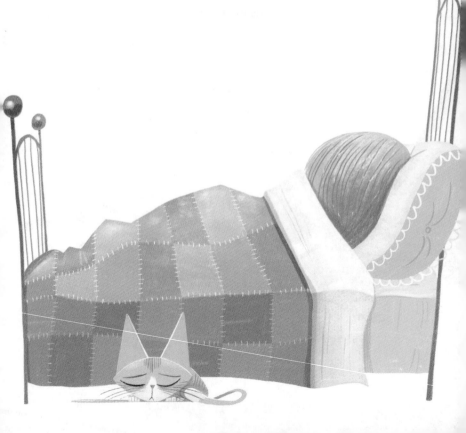

Aquella mañana Jenny se había despertado tarde. Estuvo soñando con mamá y papá; estaban juntos en Santa Fe. No había Lucas ni otra persona extraña y ella era tan feliz que el sueño se alargó como nunca. Abrió los ojos y sintió una gran tristeza. Entonces se dispuso a escribir una carta.

Querida mamá:
Estoy bien, pero creo que debes regresar y dejar a Lucas estudiando. Él no tiene hijitos que lo extrañen y puede dedicarse al microscopio. Tú me tienes a mí, que quiero estar contigo mucho mucho. Si tú vienes le escribiré a papá para que regrese y estaremos los tres juntos.
Recibe un beso de tu hijita.

Al terminar de escribir se percató del silencio que invadía la casa. Fue cuando tomó conciencia de que no había escuchado los ruidos habituales de Alhelí, que la despertaban cada mañana.

Salió casi corriendo y fue a la cocina, pero no encontró a la abuela. Buscó en el patio, y tampoco. Después se asomó al jardín, pero nada. Por último se dirigió a la habitación de Alhelí, convencida de que no estaría porque la abuela se levantaba al amanecer. Para su sorpresa, Alhelí estaba en su habitación, acostada en la cama. Envuelta en mantas y completamente febril, la abuela dormitaba con Wenceslao a su lado. Jenny tuvo miedo de que estuviera muerta.

—¡Abuela! —gritó.

El gato y la anciana dieron un salto, asustados.

Alhelí le sonrió a su nieta lo mejor que pudo y le dijo, casi en un susurro, que estaba enferma. Inmediatamente Jenny empezó a llorar.

Lloraba porque su abuela, a quien nunca había visto enferma en una cama, parecía que moriría bajo las sábanas, y ella no sabía qué hacer. Lloraba porque su mamá estaba lejos, muy lejos, y ella se sentía completamente sola.

Una voz ronca y desconocida interrumpió sus lágrimas:

—Deja ya de llorar y haz algo por tu abuela.

Jenny se destapó la cara y miró a Alhelí, que a su vez miraba con reproche a Wenceslao.

El animal se había incorporado y se dirigía hacia Jenny con cara de pocos amigos.

—Abuela… —dijo Jenny en el colmo del asombro—, dime si fue tu gato quien habló.

Alhelí hizo un gesto de impotencia al ver descubierto su secreto. Entonces, asintió con la cabeza.

—Ahora ya lo sabes. Soy un gato que habla, y punto —volvió a decir Wenceslao y de un salto llegó a la ventana. Luego añadió—: Ahora ve a la cocina. Debes poner agua a hervir, que yo traeré las hierbas para curar a Alhelí.

El gato saltó por la ventana y Jenny, casi como una autómata, fue a cumplir las indicaciones de Wenceslao.

A pesar de que nunca había encendido la estufa, se las arregló bastante bien. Mientras el agua se calentaba, Jenny reflexionó. Aunque estaba un poco molesta por recibir órdenes de un gato pretencioso, llegó a la conclusión de que la extraña virtud de Wenceslao era una gran ventaja para ella. Wenceslao no solo hablaba, sino que también pensaba, y eso era lo mejor que podía sucederle a Jenny en aquellas circunstancias. Gato y todo, sabía de hierbas y curaciones. Más tarde, se encargaría de aclararle que no era el jefe de la familia.

Jenny se sintió mucho mejor de ánimo, por lo que su apetito se despertó. Era tarde y no había desayunado. Nunca antes había preparado algo de comer. Dudó unos instantes, pero su estómago hacía ruiditos alarmantes. Abrió el refrigerador y encontró un litro de leche y un trozo del pastel que Alhelí había hecho el día anterior. Se sirvió un vaso de leche, cortó un pedazo de pastel y, cuando iba a empezar a comer, apareció Wenceslao con un montón de hierbas en la boca. Las soltó en la mesa y dijo:

—Ahora mismo echa las hierbas en el agua que está hirviendo.

—Ahora mismo estoy desayunando, Wenceslao —respondió Jenny, perdiendo la paciencia por el tono autoritario del gato—, de modo que tendrás que esperar... Y no quiero que me des más órdenes. Ya sé que eres un gato único, extraordinario, que hablas y piensas, pero eres un gato y yo una niña —terminó diciendo Jenny, cada vez más molesta.

—Es tu abuela la que tardará en curarse y hasta puede morir si te demoras con las hierbas —dijo el gato con un tono de aparente indiferencia—. Yo ya cumplí con mi parte, de modo que tú serás responsable de lo que pase. —Después se acordó de que tenía hambre y casi gritó—: ¡Además, tampoco he desayunado y me desperté mucho antes que tú!

Jenny se levantó de la mesa con rapidez, echó las hierbas en la vasija y, con muy pocas ganas, le sirvió leche a Wenceslao en su vasija de porcelana azul. Mientras se hacía el cocimiento, los dos terminaron su desayuno en silencio.

Cuando Jenny llegó a la habitación de su abuela con el té de hierbas y una aspirina —también por indicación del gato—, la anciana la miró con agradecimiento y admiración. Para Alhelí era terrible depender de alguien y peor aún de su pequeña y querida nieta, pero se sentía tan débil y enferma que no le quedó otro remedio. Con la intención de distraer a Jenny y quitarle la preocupación, le pidió que encendiera el televisor. Jenny oprimió el control remoto.

Antes de que aparecieran las imágenes se escuchó la voz del presentador: "… Los testigos aseguran que era un auténtico dragón de tres cabezas, echando humo y fuego por cada una de sus bocas".

Casi de inmediato apareció en la pantalla una mujer en un estado deplorable: rígida y con la boca abierta de horror. Por supuesto que era la empleada del Registro de Direcciones. Sobre la cara de la mujer, el locutor decía: "… Esta señora no está en condiciones de dar su testimonio porque, a pesar de la atención médica, no ha vuelto a la normalidad. A continuación vamos a hablar con otros testigos del suceso que conmocionó esta zona de la capital en las primeras horas de la mañana...".

Un corte rápido mostró un escenario repleto de personas que rodeaban a dos mujeres. Una de ellas, casi llorando, no hacía más que decir:

—No me quiero ni acordar —y se ponía una mano en la frente—, pero lo que más siento es mi litro de leche fresca.

—Señora, por favor, háblenos del dragón. Detalles concretos, si no le molesta —insistió el locutor—. Explíquenos qué le dijo el dragón y cómo hablaba.

—Sí, claro que hablaba, pero lo peor era que lo hacía como si fueran cien dragones en vez de uno —explicó la mujer—. Era horroroso. Siento pánico nada más de imaginarme otro encuentro con semejante animalejo... Pero lo que más siento es mi litro de...

El reportero volvió el rostro a la cámara, interrumpiendo a la mujer. Hizo un comentario de los sucesos y anunció que "en breve" pasarían el insólito video de un camarógrafo aficionado que, casualmente, estaba cerca del lugar cuando los bomberos realizaron su "acción heroica" contra el terrible animal.

Tanto Jenny como Alhelí y Wenceslao estaban muy atentos a la televisión. Les parecía estar viendo un cuento de hadas. Ni siquiera pensaron en Vílvor que era el dragón más pacífico e inofensivo de la

Tierra. Por esa razón cuando vieron al rey dragón recibiendo chorros de espuma, agredido y maltrecho, se quedaron muy sorprendidos.

—¡Pero si es Vílvor! —dijo Wenceslao, erizando el lomo, y añadió—: ¡A ese lo conozco!

—Algo muy grave tuvo que pasar para que tomara la decisión... —comentó Alhelí con un poco más de voz, después de la conmoción—. ¡Cruzó la frontera del bosque!

—¡Es él, abuela! Es mi amigo Vílvor —dijo Jenny alarmada, al ver todo lo que le estaba pasando al dragón.

—Claro que es ese pobre dragón romántico y desesperado —afirmó una voz gruñona, desde algún rincón.

Al escucharla, Wenceslao saltó como un lince por encima de Alhelí y de Jenny, y regresó casi de inmediato con algo entre sus dientes, que chillaba pidiendo auxilio.

Con suavidad, el gato soltó su presa sobre la cama. Gregorio se incorporó como pudo, arreglándose el sombrero y la chaqueta.

—Buenos días —dijo por pura cortesía, porque para él

aquella mañana había sido una de las peores de su vida.

Después de la noticia del dragón, que lo había entristecido mucho, tuvo que viajar en ómnibus, en bolsillos y bolsos de personas desconocidas, hasta llegar a casa de Alhelí; donde, para colmo, había caído en las fauces de Wenceslao una vez más.

—Señora Alhelí, su gato y yo tendremos un problema si usted no le exige control.

Alhelí se disculpó de parte de Wenceslao, quien la miró sin disimular su mala voluntad hacia el duende e hizo dos movimientos electrizantes con su cola. Alhelí le palpó la cabeza tranquilizándolo.

—¿A mí no me saludas, Gregorio? —intervino Jenny.

—He venido a buscarte, aunque no lo mereces —gruñó el duende, pero al ver el rostro triste de la niña y sus ojos bañados en lágrimas, suavizó su sermón—. Eres una niña encantadora, pero te has olvidado de nosotros, y eso nos hace sufrir, sobre todo a ese dragón sentimental que a estas horas debe estar agonizando a la orilla del arroyuelo.

—¡No los he olvidado! —gritó Jenny entre sollozos—. ¡Y mucho menos a Vílvor... pero tengo la cabeza llena de líos!

—¿Y el corazón? —preguntó Gregorio, implacable.

—Así todo encogido —respondió Jenny, enseñando su puño cerrado; luego agregó en voz muy baja—, como si estuviera vacío.

Entonces, se fue a la orilla del mar y lloró mucho.

El doctor
Gregorio

Jenny estuvo frente al mar largo tiempo. Gregorio y Wenceslao la dejaron llorar. A veces las lágrimas ayudan a que parte de la tristeza que se acumula dentro salga y pese menos. Con el tiempo, la que se empeña en permanecer, se acomoda en algún rinconcito escondido y hasta es posible reír y contagiarse con la alegría de los otros. Hasta que, por fin, se siente el alivio de encontrar la alegría propia y compartirla con los amigos.

Durante todo ese tiempo frente a las olas, solitaria y llorosa, Jenny estuvo pensando en Vílvor y se sintió culpable. Casi había borrado de su mente al dragón, y él sufría ahora por ella. También pensó en mamá y tuvo un miedo terrible a que la hubiera olvidado de la misma forma en que ella lo había hecho con Vílvor. Nunca supo en qué momento había dejado de añorar su compañía y recordarlo. De repente, un problema más grave y urgente ocupó su pensamiento: Alhelí estaba muy enferma y era necesario curarla.

Regresó a la casa lo más rápido que pudo y desde el portal escuchó una discusión:

—La señora Alhelí necesita la atención de un conocedor. —Era Gregorio, gritando casi a todo pulmón—. ¡Y no de un gato presuntuoso!

—No le pondrás un dedo encima —respondía airado Wenceslao—. Mis remedios de gato siempre serán mejores que los tuyos, porque yo la quiero. ¿Me escuchas duende impertinente? ¡Es la única amiga que he tenido en setenta años!

—¡Pues si no me dejas curarla, te quedarás sin ella, idiota! —respondió el duende, al borde de un ataque de ira.

Semejante afirmación hizo que Jenny corriera a la cama de su abuela. La encontró dormida y con mucha fiebre.

Jenny tomó la decisión de pedirle ayuda médica a Gregorio. "Después de todo —pensó— las historias cuentan que los duendes tienen poderes mágicos".

Cuando llegó a la cocina, el tono de la discusión había subido todavía más. Wenceslao tenía el lomo completamente erizado, y Gregorio se mantenía a una distancia prudencial pero muy firme.

—Wenceslao, por favor, deja que Gregorio sea el médico de mi abuela —interrumpió Jenny al gato, casi en un ruego.

—¡De ninguna manera! —Saltó Wenceslao—. ¡Es un farsante y un mequetrefe!

—Los duendes saben de remedios que nosotros no conocemos —insistió Jenny—. Yo lo he leído en los libros.

—¿En qué libros? ¿No serán habladurías? —preguntó el gato, empezando a dudar.

—Claro que no, son libros muy serios e importantes —aseguró Jenny—. Te los puedo mostrar en otro momento, pero ahora no tenemos tiempo. ¿Lo dejarás?

El gato dio tres vueltas sobre la mesa de la cocina y al fin dijo:

—Aunque no me has convencido del todo, probaremos —y agregó, amenazador—: ¡Como tu mejunje le haga daño, no vivirás ni un segundo para contarlo!

Gregorio ni siquiera se molestó en responderle al gato. De inmediato puso manos a la obra: desapareció por un rincón y, al segundo, ya estaba sobre el mesón de la cocina. Sacó de su bolsillo algo que se movía y lo echó en un mortero.

—¿Qué es eso? —preguntó Wenceslao con recelo.

—Un cuarto de cola de lagartija.

—¿Cómo? —gritaron al unísono Jenny y el gato.

—Tiene propiedades curativas —respondió con calma Gregorio, y añadió—: La lagartija me la entregó sin discusión. Ella sabe que le crecerá en un abrir y cerrar de ojos.

Mientras hablaba, el duende maceraba ajos. Luego, volvió a desaparecer y cinco minutos después reapareció con otra cosa en las manos.

—¿Ahora qué traes ahí? —indagó el gato.

—Un poco de piel de majá —respondió Gregorio sin inmutarse—. No se preocupen, que tampoco le dolió ni un ápice.

Jenny y Wenceslao se miraron sin atreverse a decir algo más, y el duende continuó mezclando ingredientes en completo silencio.

De repente, Gregorio se volvió hacia el gato y, con decisión, le arrancó tres pelos de la cola. Wenceslao maulló y estuvo a punto de despedazarlo con sus garras.

—¡No me hagas daño, gato egoísta! La receta lleva tres pelos de gato y tú eres el que más cerca está —gritaba defendiéndose, pero, cuando estuvo libre de Wenceslao, añadió con ironía y deseoso de molestarlo—: Aunque tal vez tus pelos no sirvan... Eres demasiado especial.

Wenceslao acercó su gran cabeza peluda a la de Gregorio y, con los ojos fulminantes y la cola toda erizada, dijo:

—Óyeme bien, estúpido duende, mis pelos son tan buenos o mejores que los de cualquier gato... ¡Pero la próxima vez me los pides!

Gregorio se asustó un poco con la furia de Wenceslao, pero en su papel de curandero no podía dudar ni temer. Por eso se mantuvo lo más ecuánime que pudo y le ordenó sin miramientos:

—Necesito cuatro flores de romerillo, gato.

Jenny corrió al jardín a buscarlas, tratando de evitar otra discusión que demorara el remedio.

Después del romerillo, Gregorio pidió dos hojas de orégano, dos cucharadas de aceite de girasol y una taza de miel.

Con la ayuda del gato, Jenny encontró cada ingrediente y ella misma puso a cocinar aquello que más parecía un brebaje de brujas que un cocimiento para curar.

Cuando Gregorio consideró que el remedio estaba listo, Jenny se lo llevó a la abuela, que estaba cada vez más afiebrada y débil.

Toda la tarde y la noche, la niña y sus dos acompañantes estuvieron vigilando la fiebre de Alhelí.

De madrugada, Jenny se quedó dormida apoyada en la cama, y Gregorio se acomodó en la gaveta de las sábanas limpias. Solo Wenceslao mantuvo los ojos abiertos, atento a cada movimiento de su dueña.

Al amanecer del día siguiente, Alhelí despertó. Para ella fue una sorpresa ver a Jenny dormida en una silla y a Wenceslao vigilante a sus pies.

—Buenos días —dijo el gato, y se encaramó en su regazo—. Parece que es un buen curandero ese duende fanfarrón.

—¿Qué significa eso? —preguntó Alhelí, que no recordaba nada de lo sucedido el día anterior.

Wenceslao le contó todo, menos los ingredientes del remedio para evitar la repulsión de la anciana.

Como un relámpago pasaron por la mente de Alhelí los sucesos del día anterior. Y entonces, recordó a Vílvor.

Se incorporó con bastante agilidad. Puso sábanas limpias en su cama y acostó a Jenny, que apenas podía abrir los ojos del cansancio. La besó con cariño y le dijo, en un susurro:

—Descansa bien, mi niña, que esta tarde haremos un viaje al bosque de las Sombras.

Wenceslao
pide cuentas

Gregorio estaba tan dormido que ni siquiera sintió el movimiento de la gaveta, cuando Alhelí cambió las sábanas para acostar a Jenny. Mucho rato después, abrió los ojos y todavía soñoliento fue hasta la cama para comprobar la efectividad de su remedio. Fue grande su sorpresa al encontrar a Jenny en lugar de Alhelí y, presuroso, salió a buscar a la enferma.

Alhelí estaba en la cocina preparando un buen desayuno. Wenceslao se instaló sobre el mesón. Estaba feliz porque la anciana parecía curada, sin embargo movía la cola inquieto y no le quitaba los ojos de encima a su dueña. No tanto por el hambre que tenía (la noche anterior ninguno había comido), sino porque estaba buscando el momento propicio para iniciar una importante conversación con ella. El día anterior había descubierto algo que lo mantuvo pensando durante toda la noche. Iba a empezar a hablar, cuando Gregorio entró pidiéndole a la enferma que le permitiera examinarla.

Alhelí se sometió sin chistar al examen médico del duende, en agradecimiento a sus cuidados.

Gregorio se subió a los hombros de Alhelí y le revisó las orejas durante unos minutos. Después le pidió que lo cargara en una mano para mirarle la garganta. Alhelí no tuvo otro remedio que abrir la boca y decir "A". Luego, el duende se deslizó por la espalda de la enferma y, sosteniéndose lo mejor que pudo de su blusa, puso su oreja izquierda a la altura del pulmón derecho de Alhelí, y le ordenó respirar profundo. La enferma siguió las instrucciones del médico. Inspiró y exhaló el aire con todas sus fuerzas y el duende perdió el equilibrio, rodando hacia la cabeza de Wenceslao, que estaba pendiente de toda la operación, desde abajo.

Por fin, el doctor Gregorio consideró que la paciente estaba muchísimo mejor y se sentó a desayunar junto al gato y su dueña.

Cuando más tranquilos estaban, Gregorio dejó de comer y comenzó a pasearse de un lado a otro de la mesa, halándose el cabello y peleando consigo mismo.

—¿Qué pasa, Gregorio? —preguntó Alhelí.

—Que soy un duende olvidadizo y mal amigo, además de un completo idiota —respondió, casi desesperado, Gregorio.

—¿Se puede saber qué bicho te picó, duende? —dijo Wenceslao, moviendo la cola un poco impaciente—. ¿Se puede saber cómo descubriste todas tus virtudes durante un simple desayuno?

—Déjate de sarcasmos, gato —contestó Gregorio—. Es un defecto abominable olvidar a un amigo moribundo y mírame aquí, desayunando sin preocupaciones, en lugar de correr a decirle a Vílvor que encontré a su princesa y que ella irá a verlo. ¿Puedo contar con usted, señora Alhelí? ¿Recordará el camino?

—Claro que sí, Gregorio —afirmó Alhelí—. En cuanto Jenny despierte, iremos al bosque de las Sombras. Puedes asegurarle a Vílvor que mi nieta lo quiere mucho.

—¿Por qué no la llevas tú, duende? —preguntó el gato.

—Porque el camino que me trae al mundo de los hombres y me lleva al bosque no puede ser recorrido por ningún ser humano y supongo que tampoco por un gato impertinente como tú. —Fue la respuesta de Gregorio, ya casi fuera de control.

—Veo que estás perdiendo el juicio, duende, por lo que no tomaré en cuenta la ofensa —dijo Wenceslao, con la intención evidente de molestar, y agregó—. Pero vete de una vez, porque si pierdo la paciencia, terminarás en mis garras como un vil ratón.

Alhelí puso orden en la cocina y le sugirió al duende que se apurara, prometiéndole que sin falta, esa tarde, Jenny y ella estarían en el bosque.

A toda velocidad, Gregorio se retiró de la mesa y desapareció de la vista de todos, en medio del jardín. Wenceslao intentó descubrir el lugar por donde se había ido, pero no encontró el rastro.

El gato regresó a la cocina, donde Alhelí preparaba algunos bocadillos y dos cantimploras de agua hervida para el viaje.

—¿Por qué me ocultaste que habías regresado al bosque? —preguntó el gato con decisión.

Alhelí permaneció callada mientras guardaba todas las provisiones en una cesta.

—¿No quisiste que recordara el camino? —insistió Wenceslao— ¿Tuviste miedo a que me quedara allá, con Vílvor y los demás?

Alhelí se dejó caer en una silla dispuesta a enfrentar el problema de una vez. Suspiró profundo y miró a su gato a los ojos.

—Tuve miedo, mucho miedo a que prefirieras el bosque. Allí te encontré y es un lugar maravilloso. Era lógico que quisieras quedarte si descubrías el camino. Y yo estoy vieja… y sola. No podía soportar la idea de que me abandonaras. Perdóname, Wences… Hoy iremos y si quieres quedarte, eres libre de hacerlo. Fui egoísta y decidí por ti. Pero estamos a tiempo.

Jenny había escuchado sin querer lo que su abuela le decía a Wenceslao y sintió mucha pena por ella. ¿Quién iba a pensar que Alhelí, siempre alegre, podría sentirse sola? Ni mamá ni ella tuvieron nunca esa preocupación. Mamá con su microscopio, con la ausencia de papá y, últimamente, con Lucas... Y ella misma... ella... con mamá, el microscopio, papá, Vílvor y hasta Lucas no se había detenido a pensar en los sentimientos de su abuela. Jenny entró a la cocina y la abrazó.

—Abuelita —dijo con la cabeza apoyada en su vientre—, si Wenceslao quiere irse, yo me quedaré siempre contigo y nunca estarás sola.

—¿Y quién dice que yo quiero irme? —protestó el gato, arqueando su cuerpo con elegancia—. Eres una tonta, Alhelí, si pensaste que dejaría esta casa por un bosque lleno de animales y duendes abominables... No te será fácil librarte de mí.

Sin decir una palabra más, salió a esperarlas al jardín.

Los brebajes de duende no lo curan todo

Gregorio llegó al bosque mucho antes del mediodía. Todo lo vivo parecía muerto.

No se escuchaba el canto de los pájaros ni el murmullo de los duendecillos del lago.

Encontró a Vílvor tirado junto al arroyo, con sus seis ojos cerrados, y todos los animales a su alrededor. Las ardillas humedecían cada una de sus frentes con agua fresca. Los topos acomodaban hojas secas bajo su cuerpo para hacer un colchón más cómodo que la tierra dura. Los monos vigilaban en las copas de los árboles, tratando de ver una señal alentadora. El lémur intentaba darle por su boca principal, un poco de sopa de vegetales. Los demás observaban la enfermedad de su rey con tristeza y en silencio.

Gregorio se abrió paso entre todos y llegó hasta Vílvor. En voz baja les dijo a sus seis oídos:

—Anímate, Vílvor. Encontré a la chiquilla y estará aquí hoy por la tarde. Dice… dice… —Este mensaje le costaba trabajo, porque sentía verdadera repugnancia por todo lo que podía parecer, según sus palabras, meloso. Finalmente terminó—: dice que te quiere muchísimo…

Pero el dragón no escuchó ninguna de las palabras de Vílvor. Su respiración era débil y parecía estar muerto. Gregorio le dio uno de sus remedios. Pero la cura del corazón no lleva brebajes mágicos. Triste, muy triste, se sentó apoyando su cuerpo en el del dragón y, por primera vez en cien años, lloró.

Las lágrimas corrían por sus mejillas y se detenían en la maraña de pelos de su barba que, en poco tiempo, se llenó de goticas saladas y brillantes.

Un castigo del bosque

Jenny, Alhelí y Wenceslao emprendieron la caminata por la arena de la playa. Anduvieron largo rato, pero no aparecía ni rastro del bosque. Jenny estaba segura de que si no recorrían el camino de su casa al colegio, allá en la ciudad, sería imposible hallarlo. Por el contrario, Alhelí sostenía que el camino del bosque de las Sombras estaba en cualquier lugar, solo era cuestión de buscarlo.

—Abuela, con mamá siempre llegábamos en un minuto. Vamos a la ciudad, no seas cabezona —dijo Jenny, impaciente.

—Conmigo fuiste una vez, y el bosque apareció enseguida —le recordó Alhelí.

—Claro, abuela, fue el día que me recogiste en el colegio, ¿o es que no te acuerdas? —insistió la niña.

—Por supuesto, y también me acuerdo de que nos pusimos unos cascos de exploradoras.

—Eran de mentiritas, pero nosotras los imaginamos hasta con lucecitas al frente, como los que usan los mineros —recordó Jenny, más entusiasmada.

—Lo primero que vimos fue un sendero de árboles frondosos y altos —dijo Alhelí, escarbando en su memoria—, y la tierra estaba cubierta de hojas secas que crujían a nuestro paso…

—Así como ahora… ¿no lo sientes, abuela?

—¡Eh! Estamos entrando a un camino rodeado de árboles. ¡El mar y la arena desaparecieron! —observó Wenceslao con admiración, y agregó alerta—: Abran los ojos de una vez que está demasiado oscuro y tenebroso.

Jenny y Alhelí miraron a su alrededor por primera vez y empezaron a saltar de la alegría porque habían encontrado el bosque de las Sombras. Pero pronto descubrieron que el sendero había cambiado y que los árboles, con movimientos casi imperceptibles, les impedían el paso y los obligaban a caminar en círculos, sin poder avanzar.

—Abuela, el bosque no quiere dejarnos entrar —dijo Jenny.

—Creo que tienes razón, hijita —casi susurró Alhelí; luego dirigiéndose al bosque dijo en voz alta—: ¡Tenemos que llegar hasta el rey Vílvor! Por favor, déjenos pasar. Él nos necesita.

Un sonido de follaje resonó con furia, y una voz profunda y ronca anunció:

—Nuestro rey ha muerto por culpa de los hombres. A partir de hoy queda prohibida la entrada al bosque para todos los humanos.

—¡No! ¡No puede estar muerto! —gritó Jenny, llorando—. ¡Por favor, déjeme llegar hasta él!

Pero los árboles agitaron sus ramas y raíces con violencia, levantando por el aire a Jenny y Alhelí que, sin entender cómo, terminaron atadas a un viejo tronco.

Wenceslao trató de impedirlo, pero era demasiado pequeño para luchar contra la fuerza de aquellos árboles milenarios.

Prisionero
del olvido

Wenceslao hizo todo lo que pudo por desatar a las prisioneras, pero los nudos de las ramas y raíces parecían indestructibles.

Sin pensarlo dos veces, el gato avanzó hacia lo espeso del bosque. Su tamaño le permitía adentrarse por los resquicios que iba descubriendo en el follaje, hasta que pudo atravesar la muralla que los árboles habían hecho para impedir la entrada de los humanos.

La intención de Wenceslao era encontrar a Vílvor o a Gregorio para liberar a las dos exploradoras. Un pensamiento se repetía en su cabeza sin cesar: "Encontrar al rey dragón y al duende fanfarrón", como un estribillo interminable.

Así fue como entró a la selva del Olvido, de la que no se acordaba y, agotado de correr entre tantos matorrales, se sentó a descansar unos instantes.

Encontró un estanque donde saciar la sed y hasta unos platos servidos con su comida favorita: sardinas en aceite que aparecieron mágicamente. Wenceslao se sintió tan a gusto que tuvo la tentación de acostarse a dormir un rato. La noche anterior la había pasado en vela, junto a su dueña enferma, de modo que nada más natural que dormitar un poco. Pero una bombilla de alerta se encendió en su cabeza: él no estaba allí para descansar. Su viaje por aquellos parajes tenía un objetivo que, de repente, no podía recordar... Le dio vueltas a su memoria y recordó que Alhelí y Jenny estaban prisioneras, pero casi inmediatamente, lo borró. Así, cada evocación de su vida la selva se la fue robando sin piedad. Al cabo de una hora, Wenceslao no era más que un gato con mucho sueño, sin otro propósito que el de encontrar un buen refugio para descansar.

Mientras tanto, el murmullo de los árboles fue llegando hasta el arroyo, donde todos los animales y Gregorio cuidaban a su rey. El lémur creyó interpretar un mensaje interesante: "Dos prisioneras a la entrada del bosque... Nunca podrán entrar... Nuestro rey ha muerto".

El lémur, asustado, fue a comprobar si Vílvor continuaba con vida. Trató de tomarle el pulso, de escuchar su corazón, pero no pudo.

Zarandeó a Gregorio que, deprimido, estaba acurrucado casi bajo una pata del dragón y le pidió que examinara al rey. Gregorio trató de escuchar el corazón del dragón y sentir su pulso, pero llegó a la conclusión de que Vílvor no respiraba y así lo hizo saber.

Todos los animales lloraron a su modo y cubrieron de flores silvestres al rey dragón.

Un espectro gris comenzó a desprenderse del cuerpo de Vílvor. Los animales y Gregorio retrocedieron porque un frío intenso los hizo tiritar.

—El rey aún no ha muerto —dijo el espectro, que no era otra cosa que la sombra de Vílvor—. Está muy débil, pero solo podrá salvarse si logran que esa niña venga lo más pronto posible.

El lémur, que fue el único que supo interpretar el mensaje del bosque, tomó a Gregorio de una mano y lo llevó casi a rastras por todos los senderos.

El duende gritaba, exageradamente, injuriando al lémur, sin comprender por qué lo llevaba a esa velocidad y en aquella dirección.

Cuando pasaron por la selva del Olvido vieron un gato dormido. Gregorio lo reconoció enseguida. Quiso detenerse, pensando que Alhelí y Jenny estaban cerca, pero el lémur no lo permitió. Continuó arrastrándolo hasta la entrada del bosque.

Allí, agotadas de tanto luchar por escapar, con las ropas maltrechas y algunos rasguños en el cuerpo, estaban las dos exploradoras.

Un hilo
de vida

El duende y el lémur intentaron liberar a las prisioneras, pero los árboles se empeñaban en impedirlo. Gregorio, como era su costumbre, empezó a lanzar insultos al viento.

—¡Estúpidos árboles, cabezas huecas! ¡Por culpa de ustedes morirá el rey!

El follaje resonó interrogante:

—¿Es que acaso todavía vive?

—¡Claro que está vivo! —gritó el duende—. Pero si no llegamos en dos segundos con esta niña, morirá.

Las ramas y raíces que ataban a Jenny y a su abuela se aflojaron de inmediato y un movimiento de árboles se escuchó como una ola. Hasta la tierra parecía moverse con aquel ondular. Todos los senderos del bosque se despejaron, y Jenny pudo llegar hasta Vílvor en muy poco tiempo, sin tener que pasar por la selva donde dormía Wenceslao ni por ningún otro obstáculo que el bosque usualmente les tendía a los viajeros y a sus habitantes. Jenny se sentó junto al dragón y abrazó su cabeza principal, pero Vílvor seguía inerte.

Alhelí fue hasta ellos.

—Háblale, Jenny —dijo en un susurro—. Él podrá escuchar la voz de tu corazón.

Los animales se apartaron respetuosos. Comprendieron que en aquel momento era mejor que estuvieran solos. Pero a cierta distancia, vigilaban la más mínima señal de vida de su rey.

—Vílvor, por favor, no te mueras. Estuve lejos, pero ahora estoy aquí, contigo —comenzó a decir Jenny—. Yo sé lo que sientes: papá se fue un día y no regresó. Yo quería que volviera a mi lado y me puse muy triste. Por suerte tenía a mamá, pero ahora también se ha ido. Creí que moriría de tristeza… pero no me he muerto: te tengo a ti y a mi abuela, a Gregorio y a Wenceslao… Tienes que conocer a ese gato, aunque creo que ya se conocen… Vílvor, dime que me oyes. Yo no te olvidé porque quise… es que me sentía tan sola y pensaba en papá y mamá, después en Lucas que se robó a mamá y nunca más jugamos a las exploradoras.

El dragón abrió los ojos de su cabeza principal y levantó un poco su largo pescuezo. La poca vida que todavía guardaba su corazón comenzó a vibrar con lentitud. La cabeza del dragón volvió a caer inerte. Jenny le besó el hocico y continuó hablándole:

—Vílvor, nunca más perderé el camino del bosque. Mi abuela me enseñó que está en todas partes. Solo tengo que desearlo mucho. Yo solita puedo venir a visitarte, si no tengo quien me acompañe. Te aseguro que lo haré... claro que lo haré.

El dragón hizo un nuevo esfuerzo por levantar la cabeza del centro, las otras dos continuaban aparentemente muertas. Poco a poco, un ligero movimiento de los párpados, una profunda inspiración de aire, hasta que logró abrir sus seis ojos y reconocer a Jenny.

Todos los animales estallaron en una gran algarabía. El rey del bosque había vuelto a la vida.

—¿Eres tú, de verdad, princesa? —preguntó con voz apagada.

—Claro que sí, Vílvor —dijo Alhelí, acercándose—. Fuiste muy valiente... Te arriesgaste a ir al otro lado... por mi nieta.

—¿Alhelí? —preguntó el dragón, sin fuerzas para mirar a quien le hablaba.

—Sí, es mi abuela, Vílvor —dijo Jenny—. Fue tu amiga cuando era una niña, ¿te acuerdas?

—Y ahora también lo es ¿no es cierto, Alhelí? —respondió Vílvor con la voz todavía vacilante.

—Por supuesto que sí, viejo dragón —dijo Alhelí, tratando de ocultar su emoción. Luego, dio órdenes precisas de que le llevaran a Vílvor una reconfortante sopa de vegetales.

Los animales estaban alborotados por tanta felicidad. El lémur llevó la sopa que poco tiempo antes había intentado darle a Vílvor. Esta vez fue Jenny quien le dio el alimento al dragón. Era una enfermera amorosa con un paciente grave.

Vílvor sintió que recuperaba la esperanza perdida en su excursión por el mundo de los hombres y, con ella, el deseo de vivir.

Operación
a la inversa

Al comprobar que Vílvor ya no corría peligro, Alhelí decidió buscar a Wenceslao.

Estaba convencida de que Gregorio y el lémur se habían enterado de lo sucedido a la entrada del bosque gracias a su gato. Registró los alrededores y nada. Volvió a buscar y ni un solo rastro del gato. Fue a ver al duende.

—Gregorio, ¿has visto a Wenceslao?

—Ese gato está durmiendo como un lirón, en medio de la selva del Olvido —respondió Gregorio, vengándose de Wenceslao—. Ni siquiera le importó que usted y la niña quedaran prisioneras del bosque. Se echó a dormir, sin más ni más…

—Gregorio, hay que rescatarlo. Si Wenceslao está durmiendo, es que lo ha olvidado todo —dijo Alhelí, asustada.

Gregorio no simpatizaba con el gato, pero comprendió que Alhelí tenía razón. No era nada lógico que Wenceslao estuviera durmiendo con aquella placidez, mientras su querida dueña se encontraba prisionera. Era evidente que el gato estaba en apuros y mientras más tiempo permaneciera en la selva, el riesgo de perder su identidad era mayor. Sin recuerdos, solo se puede vivir el instante presente y efímero.

Gregorio buscó al lémur y juntos fueron hasta donde estaba Wenceslao, que continuaba entregado al más profundo de los sueños.

—Despierta, Wenceslao —le gritó Gregorio, zarandeándolo con la intención de salir de allí a toda velocidad. Pero el gato se acomodó mejor y continuó durmiendo a pierna suelta.

Gregorio y el lémur, sin perder un instante, construyeron una camilla con hojas y ramas. Entre los dos, cargaron al gato y lo pusieron encima. Y casi al mismo tiempo echaron a correr, hablando disparates para evitar los estragos de la selva.

Llegaron junto a Alhelí con Wenceslao dormido.

—Hola, Wences — dijo Alhelí, cautelosa—. ¿Cómo has dormido?

—¿Habla usted conmigo, señora? —respondió el gato, sorprendido. Luego, mirando a su alrededor, añadió—. No sé dónde estoy… pero lo peor es que tampoco sé de dónde vengo ni quién soy. ¡Supongo que algo anda mal dentro de mi cabeza!

Alhelí tuvo que controlarse para no llorar. Wenceslao no recordaba quién era ni el cariño antiguo y fuerte que los unía.

—¿De mí tampoco te acuerdas, gato impertinente? —le preguntó Gregorio, provocador, seguro de que una sacudida a su mal genio, lo haría recordar.

Wenceslao erizó el lomo y de un salto, con la agilidad de siempre, agarró a Gregorio:

—No. La verdad es que no me acuerdo de ti, duende. Pero te advierto que no me gustas ni un poco y creo que no me has gustado nunca, si es que te conozco de antes.

Alhelí intervino a favor de Gregorio que, a esas alturas, estaba muy arrepentido de su teoría para recuperar la memoria.

La anciana le habló con suavidad y el gato, a pesar de que la había olvidado, pudo sentir la ternura en sus palabras. Soltó al duende y se subió sobre Alhelí, con cierta desfachatez.

—Aunque no te reconozco —dijo, acomodándose en sus brazos—, es evidente que eres lo mejor de este lugar horroroso.

El duende y Alhelí decidieron llevarlo junto al rey dragón, conocedor de todos los secretos del bosque, con la esperanza de que supiera la forma de recobrar la memoria perdida en la selva.

Encontraron a Vílvor mucho más animado, cascando nueces para Jenny con sus fuertes patas delanteras. Las nueces eran traídas por las ardillas, Vílvor las abría y Jenny, junto a las ardillas bebé, las saboreaban con verdadero deleite.

—Pero ¿de dónde ha salido Wenceslao? —preguntó Vílvor, reconociéndolo enseguida, y añadió—. ¡Hace más de sesenta años que lo perdí de vista!

—Wenceslao se fue conmigo la última vez que visité el bosque —confesó apenada Alhelí.

El dragón la miró a los ojos y descubrió en ellos la razón por la que aquella niña llamada Alhelí nunca había regresado al bosque.

—¿Por eso no volviste, Alhelí? —preguntó Vílvor.

Alhelí asintió. Luego creyó necesario explicarse un poco.

—Yo tenía muy pocos años y lo que más deseaba era que un habitante de este bosque viviera conmigo —dijo Alhelí en voz baja—. Y tú eras demasiado grande y poco común para pedírtelo… Sé que hice mal, pero ya no tiene remedio.

Jenny comprendió que su abuela estaba en apuros.

—Por favor, lo más importante ahora es la memoria de Wenceslao —interrumpió Gregorio, tratando de ayudar a su Alhelí a salir del aprieto—. Vílvor,

¿tienes idea de lo que tiene que hacer Wenceslao para recuperar sus recuerdos?

Vílvor pensó unos instantes. Consultó con su cabeza izquierda (que era la más ecuánime), luego, con la derecha (la más rápida). Al fin, habló con sus tres voces.

—Solo hay una forma de recuperar los recuerdos perdidos. —Miró al gato con sus seis ojos—. Wenceslao, debes atravesar la selva caminando hacia atrás.

Wenceslao lo interrumpió, sin consideraciones ni respeto por su rango:

—¿Has perdido el juicio? ¿Caminar hacia atrás? ¡No puede ser! ¡Ningún gato que se respete camina de fondillo en ninguna circunstancia!

—¡Silencio! —le ordenó Vílvor, y Wenceslao tuvo un poco de temor—. Si quieres volver a ser tú mismo, debes cumplir con lo que he dicho y escucha bien: los recuerdos se escapan por las orejas y también se recuperan por ellas. De modo que tendrás tus dos orejas bien atentas a todo murmullo, susurro o aparente silbido del viento. La selva estará tratando de engañarte, pero esos son tus recuerdos, huyendo de ti. Si caminas al revés, bien atento al mínimo sonido, llegará a tu memoria todo lo que anteriormente estaba.

De un salto, Wenceslao bajó de los brazos de Alhelí y dijo:

—Muy bien. ¡Lo intentaré!

Gregorio y Alhelí lo acompañaron hasta el borde de la selva y, caminando de espaldas, con las orejas como radares, entró a la maleza.

Lo último que escuchó Wenceslao fue la voz de Alhelí:

—Recuerda, Wences, al regresar no pienses en nada importante, solo disparates. ¡Te estaré esperando!

Pero pasaron muchas horas y Wenceslao no volvió.

Sorpresa
en casa

Convencida de que el gato no volvería, Alhelí decidió regresar. Jenny le dio la mano a su abuela y, al poco tiempo, estaban caminando por la arena de la playa.

El sol se ocultó en el horizonte, coloreando de rojo el cielo.

Entraron a la casa en silencio. Alhelí no hablaba y Jenny no sabía qué decir para contentar un poco a su abuela.

—¡Al fin llegaron! —Se oyó desde algún lugar de la sala—. Pensé que tendría que volver a ese bosque tramposo para rescatarlas.

—¡Wenceslao! —exclamaron Jenny y la abuela al mismo tiempo.

Y el gato asomó la cabeza por el respaldo del sillón de Alhelí. Se estiró un poco y, de un salto, cayó sobre los hombros de la anciana, que lo abrazó y lo mimó un buen rato. Hasta que, de repente, se dio cuenta de que el muy irresponsable las había hecho sufrir al no regresar junto a ellas.

Lo apartó de su pecho y le dijo fingiendo enojo: —¡Eres un gato egoísta que no se merece nada!
—Wenceslao no entendía—. ¿No te das cuenta de
que te hemos estado buscando por horas? Creí-
mos que te habías perdido para siempre.

—¡Ah!, ¿sí? ¡Quién lo iba a imaginar! Lo siento —dijo el gato, sin sentirlo mucho—. Pero deben
comprender que no podía arriesgarme a perder la
memoria otra vez. Me encanta ser Wenceslao y saber
que lo soy. —Saltó de nuevo al sillón, y añadió—:
¿Cómo no te diste cuenta de que yo jamás volvería a
pasar por esa odiosa selva?

—No peleen, todos estamos juntos y felices —pidió Jenny, cansada de tantas angustias seguidas.

Entonces, Wenceslao recordó que al llegar había
encontrado una carta para Jenny, bajo la puerta.
Se la entregó y se encaramó en el regazo de Alhelí,
que ya se había sentado en su sillón y observaba con
atención a su nieta.

La carta era de mamá.

Mi niña querida:
Pienso en ti todo el día. A veces, el microscopio se
pone bravo porque descubre que mi pensamiento no
está en los bichitos que debo observar por sus len-
tes. Entonces, le explico que es muy difícil para una

mamá estar lejos de su hijita... y él me entiende y me disculpa.

¿Cómo está Vílvor? Cuando lo veas, dile que también lo recuerdo. Aquí te mando un dibujo que un amigo pintor me hizo del rey dragón cuando yo se lo describí. Se parece un poco, ¿verdad?

Lucas te manda un beso. Él también te quiere.

No te pongas triste, que pronto estaremos juntas otra vez. Sé buena con tu abuelita y ayúdala.

Un abrazo muy muy apretado y un millón de besos,

Mamá

Jenny leyó muchas veces la carta. Se sentía la niña más feliz de la Tierra. Mamá no solo la recordaba, sino que tenía muchos deseos de verla. ¡Tampoco se había olvidado de Vílvor, a pesar de Lucas!

Mamá siempre tenía los ojos en el microscopio y, a veces, también en Lucas, pero su corazón estaba con Jenny y eso era lo más importante.

Jenny contempló el dibujo del dragón, que tenía alguna similitud con el original, pero el pintor no había captado la expresión de bondad en los ojos de Vílvor. Con seguridad mamá no lo había descrito de la mejor manera. Y las alas, aunque doradas, eran demasiado pequeñas en el dibujo. De todos modos, decidió pegarlo en la pared de su habitación hasta que algún día pudiera tener una fotografía auténtica de su Vílvor, el único rey con tres coronas.

Jenny se fue a la cama con la carta en la mano y, después de leerla dos veces más, la guardó bajo la almohada.

Tuvo sueños muy felices.

El mejor regalo del mundo y una botella navegante

Al día siguiente, Jenny se levantó muy temprano, poco antes de que el sol iluminara todo el cielo. Buscó la carta que había escrito para mamá y la releyó.

Fue a donde estaba Alhelí, que ya preparaba café en la cocina, con Wenceslao a su lado, y le pidió que la leyera. Alhelí se acomodó los lentes y lo hizo:

—La escribí ayer, antes de recibir la carta de mamá. Ahora no sé si enviarla. —Jenny expresó su indecisión—. ¿Qué crees, abuela?

—Eso debes decidirlo tú, hijita —respondió Alhelí—. Tu mamá te quiere mucho y si recibe esa carta, lo más seguro es que regrese, aunque no pueda continuar con su beca.

Jenny guardó silencio.

Regresó a su habitación y volvió a leer la carta que mamá le había escrito. La puso bajo la almohada y pensó unos segundos. Buscó una botella vacía, limpia y con un tapón resistente. Luego introdujo en ella su carta y se fue a la orilla del mar.

Wenceslao la siguió, curioso.

—¿Qué haces? —preguntó.

—El mar será quien decida si mamá debe volver antes de terminar esos estudios. Si la botella llega hasta donde ella está, entonces era yo quien tenía razón —respondió Jenny, convencida de que su idea era magnífica—. Y si no llega nunca, la equivocada era yo. El mar es muy sabio. Eso dicen los libros.

Wenceslao no respondió, aunque tuvo que morderse la lengua para no opinar sobre el mar, la botella y los libros.

Los dos observaron desde la orilla cómo se alejaba navegando el mensajero de cristal.

Luego, Jenny lo invitó al bosque de las Sombras, pero el gato se negó de plano.

Entonces, la niña comenzó a caminar sobre la arena. Se imaginó que era una exploradora incansable, que llevaba horas tratando de encontrar el camino perdido y, casi al instante, se internó en un sendero de árboles y hojas secas, invisibles para Wenceslao.

Jenny sorprendió a Vílvor. El dragón no la esperaba tan temprano, sin embargo se alegró mucho. Ya estaba restablecido e iba a darse su baño matinal en el arroyo. Jenny fue con él, encima de su lomo, como si fuera una jinete. Detrás, una larga cola de animales también decidieron disfrutar de un día tan hermoso: el lémur era el primero, lo seguían cuatro ardillas, tres topos, dos venados jovencitos, cinco coatíes juguetones, una pareja de jutías congas y tres tortuguitas, que por más que se apuraron fueron las últimas en llegar.

Vílvor se acercó al agua y vio su rostro principal reflejado en ella. Luego se asomaron las otras dos cabezas. Después le pidió a Jenny que se acercara también.

El reflejo de Jenny se dibujó en el agua, muy cerca del dragón.

Vílvor tocó el líquido transparente con suavidad y los rostros se fragmentaron con las ondas.

—Nunca volverá a romperse, ¿verdad, princesa? —preguntó Vílvor—. ¿Nunca más dejarás de recordarnos?

Jenny lo miró muy seria. Parecía que había crecido un poco.

—Vílvor, yo no podré olvidarlos —afirmó Jenny, y luego agregó convencida—. Aunque crezca y tenga que presentar exámenes difíciles como los niños grandes; incluso si estudio lo mismo que mamá y paso muchas horas mirando por el microscopio, yo vendré a visitarlos y les traeré a mis hijitos, quienes escucharán los cuentos de mis visitas al bosque. ¡Créeme, por favor!

—Claro que te cree, si hasta yo te creo que soy desconfiado desde chiquitito —dijo Gregorio, que acababa de llegar al arroyo, porque se había enterado de la visita de Jenny—. Y propongo, Vílvor, que le ofrezcas ese regalo que solo tú puedes darle.

—Sí, Jenny, anoche estuvimos hablando y queremos darte una sorpresa —agregó Vílvor—. Creo que te gustará.

—Pero me da vergüenza, Vílvor. No quiero que te molestes —dijo Jenny, con educación, disimulando su impaciencia por saber en qué consistía el regalo.

—¡Qué molestia ni qué molestia, niña! —protestó el duende—. Además, yo también disfrutaré de tu regalo pues me encanta volar.

En un santiamén, redujo su tamaño y se subió sobre la espalda de Vílvor. Le hizo señas a Jenny para que hiciera lo mismo.

—Vamos, Jenny. Sube que verás todo el bosque desde el cielo —la animó el dragón, preparando sus alas doradas para el vuelo.

Jenny no dudó más y con destreza se acomodó al lado del duende. Gregorio estaba bien agarrado de una de las escamas puntiagudas del cuello de Vílvor. Jenny lo imitó porque no encontró mejor forma de sujetarse. Cuando estuvieron seguros, el rey dragón comenzó el ascenso.

Volar cabalgando sobre Vílvor nunca fue un sueño de Jenny. Ni siquiera lo había imaginado. Pero rebasar los más altos árboles del bosque, sobrevolar la selva del Olvido, ver desde el aire el claro donde por primera vez se encontró con el dragón, que parecía un lago verde entre tanto follaje, y contemplar el río y sus preciosos saltos espumosos era, sin duda, el mejor regalo del mundo.

Estuvieron mucho rato volando. A veces, más cerca de las nubes. Otras, más próximos a las copas elevadas del bosque. De repente, Gregorio le preguntó a Jenny:

—¿A dónde te gustaría ir ahora?

Jenny pensó en mamá, en ese lejano país donde estaba. Después le vino a la mente papá y sonrió imaginando la cara que pondrían los dos si la vieran viajando encima de Vílvor, como si tal cosa.

Entonces, recordó a su abuela. La única que disfrutaría de un vuelo con el dragón.

—Me gustaría mucho que mi abuela pudiera verme así, casi tocando las nubes. Ella es la única que no se asustaría —respondió Jenny y agregó—: Pero yo sé que no es posible, que Vílvor no querrá volar jamás a mi mundo.

—¿Quién ha dicho semejante cosa? —casi gritó Gregorio—. Vílvor podrá estar donde tú lo desees.

—Solo indícame el camino, princesa —habló Vílvor con su cabeza central.

—Pero desde el cielo, no sé cuál es el camino —respondió Jenny, algo ansiosa—. Además no quiero que te echen esos horribles chorros de espuma.

—No te preocupes, tú serás mi mejor guardián, siempre que no quieras que suceda algo malo —respondió Vílvor—. Ahora cierra los ojos y piensa en cómo llegar a esa playa, que yo también ardo en deseos de ver el mar.

Jenny miró a Gregorio, interrogante.

—Vamos, cierra los ojos e imagínalo bien —la apremió el duende.

Jenny cerró los ojos y vio el intenso azul del mar y las costas rocosas.

Cuando los abrió, ya volaban sobre el mar de Santa Fe. Vílvor descendió casi hasta tocar el agua. Como había brisa, las olas salpicaban a los viajeros, cosa que al dragón le gustó muchísimo. Al fin y al cabo, no se había dado su baño matinal en el arroyo. Gregorio era el que no se mostraba muy a gusto. Ni le gustaba el agua ni pretendía bañarse ese día.

Jenny vio un objeto flotando en la superficie. Le pidió a Vílvor que se acercara lo más posible. Era su botella mensajera, que continuaba navegando sin un destino fijo, hacia donde el mar la llevara.

Jenny pensó en mamá y tuvo la certeza de que en aquel preciso instante, quizá frente a otra playa, estaría pensando en ella y se sintió feliz.

Vílvor ascendió un poco y tomó velocidad. Casi enseguida estaban frente a la casa de Alhelí que, sentada en el portal, contemplaba el horizonte. Junto a ella, como siempre, Wenceslao vigilaba el mundo.

Hubo fiesta aquella tarde en la pequeña casa de la playa. Alhelí preparó pastel y merengues tostados. Gregorio preparó una bebida refrescante con una fórmula secreta. Por supuesto, Wenceslao ni lo probó sospechando que contenía ingredientes dudosos. Jenny cantó para todos una canción que su abuela le había tarareado desde siempre.

Su dulce voz afinada impresionó al rey dragón.

Es oscuro tu bosque
tapa el cielo
ramaje azul
nudos de sepia
encapuchados
maderas negras
troncos largos
setas y un tapir
columnas, techo, desolado
camuflaje

y muchas redes de hojas, lianas
y follaje,
cien mil ardillas con bellotas
nueces y maní
niebla en las copas,
niebla espesa,
niebla al fin... *

Al atardecer se despidieron.

Gregorio se subió al lomo del dragón y se alejaron volando sobre el mar.

Jenny, Alhelí y Wenceslao les dijeron adiós desde la playa.

—¿Volverán? —preguntó Jenny.

—Siempre que tú no pierdas el camino para buscarlos —respondió Alhelí.

Y regresaron juntas a la casa cuando el cielo se había vuelto gris.

Wenceslao, a pesar del hambre que tenía, las siguió con su andar cadencioso para no estropear la solemnidad de la despedida.

---

* *Misterio*, canción de María Aguiar y Cristina Baeza.

Contenido